O PAPAGAIO E O DOUTOR

OBRAS DA AUTORA

ROMANCE
O sexophuro, 1981
O papagaio e o Doutor, 1991, 1998 (França, 1996; Argentina, 1998)
A paixão de Lia, 1994
O clarão, 2001 (Finalista do Prêmio Passo Fundo Zaffari & Bourbon de Literatura)
O amante brasileiro, 2004
Consolação, 2009
A mãe eterna, 2016
Baal, 2019

AUTOBIOGRAFIA
Carta ao filho, 2013

ENSAIO
Manhas do poder, 1979
Isso é o país, 1984
O que é amor, 1983; *E o que é o amor?*, 1999
Os bastidores do Carnaval, 1987, 1988, 1995 (França, 1996)
O país da bola, 1989, 1998 (França, 1996)

ENTREVISTA
A força da palavra, 1996
O século, 1996 (Prêmio APCA)

CRÔNICA
Paris não acaba nunca, 1996, 2008 (China, 2005)
Quando Paris cintila, 2008

CONSULTÓRIO SENTIMENTAL
Fale com ela, 2007
Quem ama escuta, 2011

INFANTOJUVENIL
A cartilha do amigo, 2003

TEATRO
Paixão, 1998
A paixão de Lia, 2002
O amante brasileiro, 2004
Brasileira de Paris, 2006
Adeus, Doutor, 2007
A vida é um teatro, 2012
Dora não pode morrer, 2013
Teatro lírico/Teatro dramático, 2015

O PAPAGAIO E O DOUTOR

betty milan

2ª edição

EDITORA RECORD
RIO DE JANEIRO • SÃO PAULO

2019

CIP-BRASIL. CATALOGAÇÃO NA PUBLICAÇÃO
SINDICATO NACIONAL DOS EDITORES DE LIVROS, RJ

Milan, Betty
M582p O papagaio e o Doutor / Betty Milan. – 2ª ed. – Rio de Janeiro: Record, 2019.

ISBN 978-85-01-11806-6

1. Romance brasileiro. I. Título.

CDD: 869.3
19-59456 CDU: 82-31(81)

Vanessa Mafra Xavier Salgado – Bibliotecária – CRB-7/6644

Capa: Luiz Stein Design (LSD) | Luiz Stein e Tania Grillo
Foto da quarta capa: Rue de Lille | Betty Milan

Texto revisado segundo o novo Acordo Ortográfico da Língua Portuguesa.

Direitos exclusivos desta edição reservados pela
EDITORA RECORD LTDA.
Rua Argentina, 171 – Rio de Janeiro, RJ – 20921-380 – Tel.: (21) 2585-2000.

Impresso no Brasil

ISBN 978-85-01-11806-6

Atendimento e venda direta ao leitor:
sac@record.com.br

Aos ancestrais reais e imaginários

I

1

Onde a heroína vai ter com o grande homem na França.

Por onde no entanto começar? O Doutor teria me dito imperativamente que o fizesse:

— Diga, minha cara.

Mas é para não mais responder aos imperativos do grande homem, dele me separar, que eu devo aqui rememorar o ocorrido. Queira ou não, eu disso dependo para descobrir o que ainda me amarra.

Que eu o quisesse como analista, ele logo percebeu. Da primeira vez que fui vê-lo na França. Chegava de Açu para lhe entregar uma carta de conterrâneos meus pedindo que ele nos enviasse um emissário ensinar a sua arte — um seu colega francês. Ora, por que levar a carta pessoalmente se eu podia expedi-la pelo correio? Valia-me desta a fim de me levar. Era lógico, portanto, ele me considerar o seu futuro emissário em Açu.

Assim, interpretando a minha mensagem, recebeu-me, vislumbrando terras de bons ares e águas infindas, onde em se plantando tudo dá e o melhor fruto seria a instrução da sua gente.

Verdade que de imediato não podia haver entendimento por ser outra a sua língua, mas eu, Seriema, lá estaria para traduzir. Bastaria implantar a bandeira do Inconsciente, para ver o novo saber fecundando aquela *Terra degli Papagá*, aí ensinar os limites da liberdade e o alcance da castração, reafirmar a existência do *id*, mas já disseminar o ego e o *superego*, em suma, transformar o país quase continente, de ponta a ponta todo praia, formoso a estender os olhos, num incomensurável chão freudiano.

Sim, o Doutor me vendo sonhou, com fome de Pantagruel. Quem ia bancar o sonho obviamente era eu. Bem verdade que só poderia entregar o equivalente a vários cachos de banana de ouro maciço, porque no passado os meus fizeram de si burros de carga, cem quilos na cacunda até o sangue e o pus, mascateando de sol a sol e de porta em porta. Isso, claro, eu não ia dizer ao grande homem. Cartão de visita? Ora, omitir simplesmente a história dos que largaram do Cedro para fazer a América, a saga dos avós, os "turcos" de Açu, também ditos *come-gente*, os que na França teriam sido apenas *arabes* entre os *arabes*.

Podia não querer tal passado esquecido? não evitar a alcunha que a nacionalidade dos ancestrais me valia? Se não era dita *come-gente*, não deixava de ser uma turca, ainda que merecesse às vezes ser chamada de turquinha. Ia eu me apresentar revelando as origens? Seria exibir de saída o que desde sempre me empenhava em ocultar, não padecer do mal de ter que dissimular a história, em suma, não ser eu quem era.

Que o Doutor vislumbrasse as praias e as palmeiras, me tomasse por uma nativa filha de nativos. A sua fantasia então não me conferia a ascendência que eu desejava? Não dava a ilusão de ser uma açuana que nada tivesse a ver com a imigração? Uma ilusão imprescindível — e não porque eu amasse a terra natal, onde me formara entre conterrâneos que tudo dariam pelas quatro estações, por outro país no qual "não sendo perene, o verde seria um bem", o povo se expressasse numa língua sintaticamente perfeita, sem neologismos ou estrangeirismos, e "a cultura não fosse a do batuque".

Que o Doutor sonhasse e, de uma neta de imigrantes, fizesse uma açuana secular. Me trocasse ele a malfadada identidade.

2

Onde o Doutor surrupia a tática de Seriema. Evocação de Hila, a avó paterna.

O fato é que o Doutor viu na carta dos conterrâneos um pretexto para dele me aproximar e deduziu logo que, sem saber, eu ali estava porque desejasse uma análise. Mas isso Xan não podia dizer. Indicar de saída o que a futura analisanda queria ignorar seria correr o risco de perdê-la. O grande homem não era de se precipitar e me levaria ao que contava, se valendo exatamente da mesma tática que eu — usando a carta como pretexto para me fazer voltar no dia seguinte e falar.

Leu, dobrou com cuidado e depois insistiu em que lá fosse novamente, especificando por escrito as condições do convite ao emissário. Serviu-se da missiva para me dar a possibilidade de fazer o pedido que eu não ousava: o de me analisar. Entrou no meu jogo para mudar o rumo do mesmo, fez de conta que o convite dos açuanos o interessava para me induzir a tirar a máscara. Um artifício sem o qual eu certamente não teria me transplantado para a França, país muito frio para quem cresceu de tanga e descalça como um curumim.

— Até amanhã nessa mesma hora, finalizou ele, guardando a carta.

— Às cinco horas?

— Sim, e não deixe de me trazer tudo por escrito.

Ai o Doutor, ai a hora, ai eu para e por ele. O grande homem eu já queria, e não o emissário! Sim, com ele me abrir, pensava, sem saber que era para mais me fechar que acabaria no seu divã de veludo encarnado.

Dia seguinte foi entrar e ouvir *minha cara*, para encenar o drama que eu supunha ser o verdadeiro: ter sido expulsa de uma multinacional psicanalítica que, embora sediada na Inglaterra, imperava na minha província como outrora a Inquisição, indicando os eleitos e diferenciando os bons dos mistificadores pela quantidade de submissão explícita.

O busílis, claro, não era a tal multinacional. Mas eu lá estava para encarar a verdadeira questão? Não, queria o Doutor precisamente para escamoteá-la e escapar ao veredicto dos ingleses dos quais eu dependia não só para ser analista, mas para ser ou não, tal era o descaso pelo meu país. *To be e not tupi*, se não, para enfatizar:

Never, never tupi-
niquim,
guarani,
nambá.
Açu, a mal-amada
terra de Açu!

Me separar dos doutores todos, ingleses, franceses e quantos mais. A questão nunca foi outra, porém, o homem não estava ali para me desmentir, negar que o xis do problema fosse a dita expulsão. Puxar o meu tapete se a meta dele era primeiro me fisgar?

— Ah se você soubesse, minha irmã. O seu drama foi o meu. Mais do que expulso, excomungado, exatamente como Espinoza! A punição suprema, o banimento sem volta, como se a comunidade analítica fosse uma igreja e religiosa esta nossa prática, acrescentou ele, ainda escandalizado com a própria sorte e já me dizendo:

— Até amanhã.

Cada palavra uma hóstia, o amanhã que soou como o Ângelus. Uma grande vítima, ele, o excluído, o caçado, o amaldiçoado. Que o homem fosse maldito durante o dia, a noite, o sono e a vigília; pudesse a comunidade inteira nunca mais o perdoar, ele não mais falar em nome dos psicanalistas e o seu nome ser esquecido. Deus meu! e era completa agora a adesão ao Doutor, em cuja honrosa companhia eu me pavoneava como uma autêntica judia do saber, aliada natural dos dissidentes todos do planeta — marxistas rompidos com o Partido ou cristãos contrários à Igreja.

Um pixote na entrada, eu, Seriema, havia me tornado toda valentia! Açu não era a Mancha, mas eu já empunhava fervorosamente uma adaga e uma lança. Dom Quixote de Açu, para combater os inimigos do Doutor! Madrugaria, leria os textos até secar o cérebro, se preciso fosse, para arrasar quem dele se aproximasse e não o reconhecesse de imediato como de todos o maior. O incomparável Doutor Xan! Lutar até a rendição completa, a conversão ou o banimento dos adversários. Disso já resultava outra classificação da espécie: os perversos, os conversos e os submersos, e assim foi que, desligando-me do pragmatismo inglês, me entreguei numa vertigem classificatória aos ventos novos do racionalismo francês. Nunca tupi e nem *to be*.

O fato é que, pela nova aliança, estava dado o passo decisivo para me tornar "analisanda". Sim, é bem esta a palavra, e não "paciente", como precisava Xan nos seus seminários. A paciência então não era dele? de quem devia esperar o momento certo de intervir, além de ter que dissimular o espanto e se calar quando contrariado? Analisanda, portanto, e para sê-lo só faltava agora dizer o que eu mais queria: o homem como analista.

Por esta fantasia eu pagaria caro. Opção? Nenhuma. O Doutor era o meu Eldorado, e a procura deste lugar mítico, uma tradição dos meus. Disso eu não sabia e nem suspeitava. Tamanha a megalomania que em mim estava o começo e o fim, a história propriamente inexistia. Desvario ou determinação da tribo que se queria esquecida da travessia? Indagada sobre esta, a mãe do pai, Hila, só repetia: "Do Líbano para Açu, aos 14 anos, cinco filhos, porque *maktub*, estava escrito, e isso é tudo." Mas era? Ora, Hila, isso obviamente tudo não era, e não foi pela nossa sacrossanta integração que você negou a história, mas para não ser a estranha entre os açuanos, a que havia deixado a própria terra ou havia por esta sido deixada. De *maktub* você se servia para se eximir da responsabilidade e evitar o remorso ou que o ódio do Cedro se abatesse sobre você. *Maktub* me custou o passado e me destinou à busca ilusória de um ancestral que não tivesse cortado a raiz. Sujeitou-me ao Doutor.

Para que a história de negar a história seja sua, e não minha, eu tenha raiz e assim possa me separar dele, eu devo agora me opor a você e me lembrar dos fatos, da largada e da travessia — eu então não ouvia contar? Que você emigrou por Jarja, o marido, todos nós sabíamos. Sim, ele já havia emigrado para Açu quando decidiu se casar com moça libanesa e foi você que o teu pai ofereceu. Por que não, Hila? A tua sorte arranjada entre os dois homens. À maneira árabe, que depois se tentou mesmo perpetuar. O fato é que você largou do Cedro para Açu, "país pobre, onde não se achava nada dentro, um tomate sequer, onde a fruta era pouca" — pouca por não ter pera ou maçã. Só manga, goiaba, jabuticaba, maracujá, só, você dizia, sem se dar conta do impropério.

Hila por Jarja, que largou do Líbano por Faia, o bisavô materno, o grande senhor de Açu, de Tão, a capital. Todos os emigrantes a serviço de Faia. Vender mercadoria nos sítios, mala nas costas, cem quilos — chita, seda, agulha, alfinete, lã, pente, botão, grampo, perfume —, e era um que comprava um metro, outro queria crédito, o terceiro nada. De lá para cá, sem almoço, sem onde dormir. E Jarja, de Tão foi para a cidade de Vari, se radicar sapateiro, que ali não tinha — fazer sapatão para a gente toda da roça. América! Açu... "Vou para lá." Veio, mas rico depressa? Trabalhar como burro. Dinheiro em troca de prosa? "Não dá e nunca dará", você, Hila, dizia. Nada. Burros de carga e só feijão com farinha, travessia foi do inferno.

Você decerto não pensou antes de emigrar. Mocinha, 14 anos, chegou Jarja de Açu para se casar — e aí era um só com o outro, colher a uva da parreira, damascos como só tem lá, amêndoas nozes tâmaras, que no pomar da casa havia. Era regar a gardênia, o lilás, a rosa antiga. Sobe e desce a colina de ciprestes, bebe a água da nascente. Ninguém podia dizer nada. Você vai se casar com ele? "Quero, vou e pronto". Não passou pela sua cabeça que você ia de um para outro país. Gostava. "Pro fim do mundo? Vamos juntos."

Com ele, nem que seja para o inferno e você, Hila, já não veria a borboleta branca do bicho-da-seda e não apanharia amoras para a larva, não teria que matar a borboleta recém-nascida para salvar o casulo e com este o fio, aquele ouro que, enrolado no sarilho, formava a meada de que dependia inteiramente a sua vida — a sua e a dos outros na aldeia.

Adeus Kfaryab. Na despedida teu avô, Hila, cerrando os lábios, ficando vesgo, um olho que de repente já não seguia mais o outro. Você viajou. Beirute e só daí o navio para Marselha. Lamentar no trajeto a morte do homem cujo cadáver foi para o mar. Atracar na França bem longe do porto, desembarcar como pestilenta, logo trancafiada, o barracão, três dias e três noites, ajunta tábua cobertor colchão... Pegar enfim o navio em alto-mar, de bote, vomitando as tripas, arrebentando de tanto destripar, descer com Jarja para o porão, dormir, acordar, mal se mexer à luz da escotilha. Viaja que viaja, Lisboa benfazeja, comprar a fruta fresca da terra, pera, uva, maçã, ver então o ananás. Do país Açu, Jarja te disse, entregando o fruto pelo penacho. O pomo desconhecido do futuro, cujo casco era áspero, mas a cor era a do ouro. Mais vinte dias, Hila, e você enxergou Açu Maravilha, contornando talvez ilhas de carapinha verde, só de palmeiras — como pérolas flutuantes das Mil e Uma Noites —, olhando as montanhas, revendo aí o Cedro e a tua aldeia, admirando no céu daquela noite uma lua em forma de adaga como a das miniaturas orientais.

Já em terra, você deu graças e foi para Tão visitar Faia, encontrar os patrícios todos na casa dele em volta de um narguilé, a água borbulhando e o cheiro de jasmim. Foi daí para Vari na maria-fumaça, no trem que soltava faísca e queimou o teu vestido, a gola de renda guipura, francesa. Importava? Ora... Você arrumou a pluma do chapéu e desceu, cumprimentar os conhecidos. *Ahlo sahla!* Almoçar com quem ali "morava em árabe" e se instalar contente — sem dúvida ignorando que naquele mesmo dia havia sido decretada a Primeira Guerra e o fim do malfadado Império Otomano; sabendo, embora esquecida, que no Cedro você estaria sujeita à desforra do turco.

Podia você não amar Vari, aí não querer ficar criando os seus filhos — cinco, conforme o número de nós contados na primeira placenta pela parteira Inhabé —, aí não lutar até na terra alcançar o céu e ainda lutar, porque do alto a gente cai e se esfrangalha, "fica o casco despedaçado que nem o da tartaruga", como você dizia, você, que veio ao mundo para dar a vida, morrer nunca, e a cada vez que estava condenada renascia do prognóstico, dispensando os chamados órgãos vitais e vivendo, assombrando filhos, netos, bisnetos e tataranetos, você, Hila, que causou o Novo Mundo com o ventre, a sagacidade e a muita paciência, mas sonegou a história, foi América querendo que o passado fosse só o prólogo do futuro e, com isso, me obriga agora a lembrar por você, para recuperar a raiz e assim me separar do grande homem. Sim, do ancestral imaginário, o Doutor, que, já sabendo da multinacional, exigia uma definição. "O seu drama, Seriema, foi o meu..." Disso nós já sabemos. "Mas então, minha cara? Você propriamente é para quando?"

3

Onde Seriema tenta levar o Doutor na conversa.

Sim, o Doutor, como Hila, não era de prosa, conversa fiada. À toa que ele diferenciava a palavra plena da vazia? Seminários e mais seminários, resmas e mais resmas de papel para que ninguém ignorasse a diferença entre a palavra que faz acontecer e a outra. Não era para me deixar esvaziar o verbo, tornando-o inconsequente, que ele me recebia. Deixar-se levar na conversa por quem resistia ao divã? Ora! O compromisso, Seriema, de se analisar? A data? Se já havia me aberto, exposto a queixa, falasse agora quando então iria me tratar. Natural. Ajoelhou, rezou.

Mas a reza, no meu caso, implicava a proeza de me transladar de um para outro continente, e eu lá queria? Sem de fato querer. Ai, ai! Meu sol, meu mar... E a empregada então? Sim, a eterna doméstica a serviço, diuturnamente à escuta. Maria me isso, Maria me aquilo. "Já, já, Seriema." Maria Preta, sempre de bom humor, disposta até a calçar os meus sapatos para amaciar nos seus pés, mais afeitos à dureza. Viver sem Maria, mais que mãe? Ai! Instalar-me como no tempo as conterrâneas, à beira do Sena com os móveis, as domésticas e até as vacas. Argumento era para adiar a ida? Invoquei tese de doutoramento em curso. Sendo eu uma rica açuana, não era então imperativo que fosse doutora? provasse, me doutorando, ser capaz de doutas palavras, efetivamente douta, e não uma "simples doutoraça". *Doctor ergo sum.* Doutoranda, portanto, antes de me tornar analisanda.

Voltas e mais voltas rodopiando como pião até subir no consultório e marcar enfim o ponto.

— Dois anos e eu venho aqui ficar quatro meses

— O quê?

— Uma tese que resta escrever e defender. Dois anos é o tempo necessário

— Hum.

— Quatro meses é o máximo que eu posso ficar, acrescentei, sem justificar o prazo em que me escudava para não estar ali indefinidamente à mercê.

— Bem, até então, e não deixe de me escrever, disse o Doutor peremptoriamente, duvidando talvez da minha palavra. A tal açuana de fato voltaria?

Uma análise impossível, era isso que eu lhe pedia, fosse o meu analista sem me analisar. Porque da França eu só desejasse a consagração? o grau concedido pelo renomado Doutor? Ou porque a França fosse o outro país dos cristãos do Cedro? e eu ali estivesse pelos ancestrais, querendo sem de fato querer? A razão me escapa, como se eu a devesse ignorar, o passado se recusasse a entregar a sua chave, me obrigando a orbitar em torno do grande homem, forçando a existir nesse torno.

Uma análise que nunca acontecesse, eu solicitava. O Doutor, por saber do faz de conta e acreditar nas razões do Inconsciente, fez pouco da contradição e aceitou, entrou na minha dança para poder ouvir as minhas cantilenas. Mesmo porque ele não se orientava pela lógica da contradição. "Isso aí", respondia, quando eu indagava se era verdadeira uma determinada hipótese, e, de novo "Isso aí", quando eu mencionava a hipótese contrária. De enlouquecer! Uma ou outra?, insistia então desconcertada, já me perguntando quem ali não regulava, logo no entanto me assegurando de que ele era certo da cabeça e concluindo por algum mal-entendido. Uma verdade que não resultasse da exclusão? Impossível, era preciso cortar e ver rolar a cabeça de uma das hipóteses, e eu, que havia papagueado a tese e sua antítese, custei a perceber que a dialética ali era distinta. Só não desisti, pois, sendo crente de natureza e já tendo frequentado todas as confrarias, não podia perder mais aquele credo.

Até me dar conta de que o negócio do homem era valorizar os dizeres todos, qualquer um e o seu oposto, levei um bom tempo.

4

Onde Seriema caçoa de seus conterrâneos sorbonícolas, os papagaios loiros de Açu.

O negócio dele estava na cara. Eu, no entanto, só queria o que a ideia desmascara. Olhos para não ver, ouvidos para só escutar uma espécie de mutante, o papagaio loiro, um açuano que não suportava o trópico. Casa? Onde a luz não penetrasse. Quarto? Se possível, sem janela. Cama? Baldaquino e mosquiteiro. Natureza? Só à sombra de uma árvore, entre macacos amansados e papagaios que, em vez de palavras tupis, repetiam frases latinas e francesas, pois que a França, sendo a pátria universal dos insurretos, era a destes mutantes. Vestimenta do loiro? Variando do negro ao cinza. Conforme o imperativo de Verlaine: *Pas de couleur, rien que la nuance!* Função? Pedagógica. As mais variadas disciplinas, porém, de sorte a ensinar sempre o que é Ideologia, separar o joio do trigo. Convicções? De que a revolução aconteceria — embora o sexo do nosso povo fosse a paciência — e nós um dia voltaríamos a falar uma língua atenta à gramática, contrária aos neologismos, mas novamente capaz de palavras como observância (no lugar de observação) ou mantença (no lugar de manutenção), uma volta que se "inscrevia" entre as prioridades nacionais — "tarefa prioritária" —, exigia o "labor" de todos e havia enfim de "instaurar" no trópico a civilização.

Queria ver o país entregue a estes heróis civilizadores, que regularmente despontavam papagueando no céu da pátria para nos salvar.

Verdade que os mutantes perdiam a fala sempre que o mundo lhes faltava em demasia. Isso lá me importava? De somenos, e eu jamais teria dado a devida importância ao fato não fosse o Doutor, que sub-repticiamente datava as minhas origens do Carnaval, dançava a valsa vienense, mas também apreciava o rebolado, insistia que Açu é um sonho de França e esta deveria se tornar mais açuana. "Ah, minha cara, tanta regra que é impossível não cometer gafes", sempre culpados de alguma coisa, *mea culpa, mea culpa*, o que, além de enfadonho, é uma verdadeira neurose. Se não for uma psicose!

Tivesse eu prestado atenção, teria logo dado ao papagaio loiro a banana de que precisava para se fortalecer:

Sim

 Yes

  oh yes, nós temos bananas!

  bananas oi para vos dar e vender

Oui

oui

oui, papagaio nosso do bico dourado!
banana, oh menino, tem vitamina
nanica que seja
ouro ou maçã
banana eu garanto
em dúzia ou em penca
fruta nativa, o verde-verde ou o amarelo
banana, menino
oh, eu lhe garanto
ela engorda e faz crescer

5

Onde Seriema volta ao seu país para descolar um diploma de doutora. Evocação de Jarja, o avô paterno.

De tempo eu precisaria para dar ao papagaio loiro a tal banana.

"Bem, minha cara, e não deixe de me escrever", repetia saindo do consultório, depois de ter me comprometido a voltar por quatro meses. "Minha cara, caríssima." O Doutor então estava comigo, *be bop a lula she's my baby, be bop.* Paris para me festejar. Pont des Arts, Pont Neuf das conversadeiras e dos mascarões, estátua de bronze equestre, os anjos todos das fachadas, procissão de anjos para ver toda hora, e não só em dia solene de procissão... Notre-Dame, a dama nossa de cada dia, dá-me essa tua renda de pedra, as torres de bilro. O sino, cadê? o corcunda já não toca? era dim da la lão? ding dong! ding dong! *Frère Jacques, dormez-vous? dormez...* Só quem agora toca é o homem que dedilha absorto o piano no adro da igreja — a ele não importa o verde-bronze, a estátua de Carlos Magno. Será grega a cruz da coroa? Dois gumes tem a arma cortante na mão do escudeiro — acaso uma francisca? Toca o homem do piano e o japonês autenticamente nipônico — ele vira a cabeça à força de mal poder virar os olhos — vira, vira nem o sósia ele alcança, o mimo latino-americano vestido de quimono, nem o saltimbanco sob este céu de facho rubro que o anjo abençoa... São Michel, ele vence impávido o diabo e o grifo — a água jorra e a fonte continua. Dá-me, Baco, este vinho da vitória, os vinhos todos e também os outros licores... A vitrine da charcuteria parece uma *ikebana*. Compro e levo já este mingau cor-de-rosa? Salmão em papa para te salgar, o amarelo citrino — papa doce de limão —, nozes, amêndoas e castanhas, morango em torta, desacompanhado ou não, sem ou com chantilly. Queres? alguns poucos francos e este céu é teu. Vai, leva...

Podia-se ali andar cabisbaixo? pescar alguma depressão? Teria tempo em quatro meses de ver tudo? comer de tudo? Queijo ali era prato de queijos, no plural! Brancuras de leite e outros mais para o mel, cheiros de que eu nunca havia suspeitado. Paris seria o Doutor me iluminando como um clarão, o santo homem, que parecia ter estado sempre à minha espera — cabeleira branca igual prata rutilante de lei, o passo lento e um sorriso indulgente. O que não tinha sexo e não era um anjo.

Sim, eu voltaria, saber dos caminhos. Tomar o avião significava me separar de mim que ali andando voava.

Nas nuvens pisaria na terra, já enredada no cotidiano de um país em que apesar do "meu mar, meu sol" eu não me situava. Açuanii, dizia Hila para designar os nativos, fazendo depois um duradouro muxoxo, indício de um sentimento negativo que ela jamais ousaria afirmar e que nos fazia enxergar o seu nevo preto plantado no meio do lábio inferior. O que ia eu de novo fazer entre os açuanii, a 10 mil quilômetros do Doutor?

A neta como a avó, como você, Hila, espelho meu, e assim, por te amar, eu não percebia como era racista o teu "açuanii". Açu sem os nativos, você desejava. Verdade que para eles você era uma turca e o racismo, uma face da América. Não teria havido outra forma de reagir? O meu conterrâneo na ponta do teu sabre! Mas podia eu, que te amava, não tomar o teu partido contra os outros? não perpetuar a diáspora, atirando-me no divã do grande homem? Nenhuma palavra é inocente, com *maktub* você me negou a história, com "açuanii", a pátria. Pouco?

O fato é que eu no avião para Açu me estranhava como nunca. A tese que adiava Paris agora parecia irrisória. O título, no entanto, era um imperativo. Doutora para estar no pódio dos campeões, como havia desejado o pai. *Mens sana in corpore sano*, declarava ele, cronometrando as idas e vindas da futura heroína na piscina olímpica, ensinando a competir e a só conceber a vitória. Doutora para não ser "dona" como as outras, escapar à condição do meu sexo, que o pai exaltava contra os ventos malévolos do tempo, evocando Joana d'Arc à frente de várias legiões. O título garantia o pódio, servindo de armadura! Doutora para também fazer o país, vencer a maldição de que naquela terra farta viveria um povo infeliz. Doutora, outrossim, para pagar dívidas que não havia contraído. Brilhar no céu da pátria, salvá-la ou morrer!

Bem ou mal, eu, Seriema, ia agora me doutorar. Paris? Só depois. Quem espera sempre alcança, diz o provérbio, cujo efeito funesto deduzi nos meses de "pesquisa de campo". Não era então por acreditar naquele dito que a gente da terra vivia esfomeada dando à luz filhos mortos, acolhidos por esculápios tão indiferentes à vida quanto os generais? Nenhum doutor que alardeasse os malefícios da subnutrição. A honra conferida pela tese era mórbida.

Cumpri a toga como se batesse ponto, dispensando o fotógrafo na investidura e também a festa. No ato de me equiparar aos campeões, separava-me deles e, insensivelmente, do pai.

O Doutor, só ele eu agora queria, outra vereda. O futuro dependia de uma nova memória do passado. Quem fui eu que não posso mais ser quem sou? Lembra os antepassados e como fomos, para saber, teria respondido Jarja, que, por vergonha das origens, estava e ficou esquecido. Sim, o avô, o pai do pai, que agora precisa ser lembrado — para que eu possa mais me desligar do Doutor, desacorrentar-me como quis Jarja um dia: "O mar então não é meu? O verde-água aos meus olhos cintila e me embala. A onda que me leva antecipa o texto futuro. Outro céu eu verei. Gaivotas haverá no país dos coqueirais? Ao Atlântico! Outras gradações, novas estrelas. A mesa farta nas terras férteis de Açu!".

Jarja, o visionário e o contador... Os reinos do lírio e do papiro, do Nilo e dos faraós, obeliscos solares, pirâmides e a esfinge, sua guardiã... As histórias que já pela origem eram mágicas, pela travessia dos tempos e dos mares, pequenas pérolas antigas que ele entregava em nossa língua e no árabe, que se insinuava como mistério... Os reinos, a história, o idioma das cortes nababescas se desvelando como odalisca para nos fazer mais imaginar e ainda querer... O ouro e a prata naquele arabesco narrado que cintilava — diamantes incrustados, safiras, esmeraldas e rubis. Palácios de ônix e de mármore branco em que iam as passadeiras ao encontro das princesas, interiores resplandecentes de seda e brocado, jardins de árvores que reluziam pelos seus pomos de cristal, riachos em que os nenúfares escreviam versos brancos pela glória do califa, alamedas de ciprestes em que vagávamos sem medo, certos de que ao alcance da mão estava a lâmpada de Aladim. O Oriente do Oriente, mas também do Ocidente — Andaluzia, *al-Andalus*, a Espanha das cidades fortificadas que não se podem tomar. Alhambra, a *Qal'at al-Hamra*, fortaleza vermelha, da cor da tocha, infinitos miradores, pátios como oásis, jardins de mirta, águas jorrando, refletindo, marulhando, cortes em que os poetas eram semideuses e um bom verso equivalia a um vizirato. Civilização, astronomia, astrologia, trigonometria, álgebra — de origem árabe — al-mofada, al-moço, al-mofariz, as palavras todas começadas por *al*, árabes como açúcar de *as-sukkar*, laranja, de *narandja*.

Jarja das histórias e dos silêncios... horas longas na poltrona da venda, antessala da sua casa, ler quando aí não comerciava arroz, algodão, café, aí não classificava o arroz do grão inteiro e do quebrado, o café liso e o da casca engrouvinhada. Jarja silente na venda ou no quintal, semeando a horta de que Hila tirava as verduras e os temperos, regando as parreiras onde brilhava o verde-limão das uvas prometidas e o cheiro de goiaba se espraiava — goiabada de Inhá Preta, preta velha eternamente debruçada sobre o tacho, a quituteira Maria José... Quieto Jarja porque o homem fala e o sábio cala? Ou simplesmente porque assim estava fora de perigo e nunca ninguém se arrependeu de calar, conforme dizia a avó? De paz ele era. O sabre na tua bainha enquanto puderes te defender com palavras. Confronto houvesse, ele queria a vitória. Fosse negro o filho, porém na luta o vencedor.

Jarja sabia da guerra. Verdade que o tempo dele havia sido de paz — melquitas, greco-ortodoxos, maronitas, sunitas, xiitas comungando no mesmo culto dos negócios. Uma só divisa: VÁRIOS DEUSES, UM SÓ COMÉRCIO. Sim, mas esquecer 1860? Al Háraque? o massacre dos cristãos pelo druso, que o turco otomano covardemente incitava a matar? Deir al-Qamar, os recém-nascidos no sabre, moças violadas, mulheres desventradas. Na rua a carnificina e no templo o ultraje, o druso fazendo suas imundícies — urinar nos vasos sagrados e pisotear injuriando os santos cristãos. Podia esquecer o padre escalpelado "para que se renovasse assim a tonsura"? E a atrocidade de lhe cortarem os dedos, enfiando-os depois na boca — "toma e come, este é o corpo do teu Deus"? Al Háraque, Deir al-Qamar, disso o avô só ouvia falar. Já a interdição de montar a cavalo ou de andar à direita na calçada ele sofreu. *Ishmel, ishmel* cristão, à esquerda! O país não era possível. Jarja sabia. Viver ali à mercê do turco? ser arregimentado para a guerra do outro? Um estrangeiro em sua cidade, destinado a emigrar, colher o pomo da saudade. Sim, recordar-se do Líbano. O cedro, a árvore-mãe dos fenícios — madeira vermelha imputrescível, folhas verde-mar, botão da cor do céu, flores amarelas e fruto de asa longa. Os cimos eternamente coroados de neve, os rochedos escarpados e os precipícios insondáveis onde a torrente deságua — cascatas que jorram prateando o flanco das montanhas sob o sol do Oriente... Jarja largou do Cedro, que não era dele, pelos cimos que havia de conquistar. Rotulado primeiro de imigrante, viveu depois sem medo de suas origens religiosas e saiu de cena no comando de vários negócios!

Não amar Vari, que lhe deu uma vida de paz e o acolheu no cemitério à sombra de um ipê? Amar menosprezando, lamentando o perdido país, se omitindo sobre a guerra e os seus efeitos — a morte e a emigração —, cegando-se para a existência trágica de

Iana que, por ter emigrado, enlouqueceu, a bisa, sua mãe, que só saía do quarto envolta num lençol branco, bater o quibe no chão de ladrilhos, pilão entre as pernas, ou reaparecer bem longe de Vari, numa estação de trem qualquer "ir embora para o Líbano". Não, Jarja, você não proferia o açuanii de Hila, porém, se vangloriava dos seus 4.000 anos de tradição, opondo-os aos 400 dos nativos. América você foi, sendo tão xenófobo quanto quem te chamava de turco.

À diferença da avó — *maktub* —, você ofereceu o passado, só que o deturpou e desvalorizou Açu. Podia eu escapar ao Doutor? não ter procurado na França o meu lugar? Sim, você me negou a própria terra, foi América só exaltando o país originário, o Cedro, onde você sonhava com um sítio impossível — um sítio onde seriam sempre viridentes os matos, as ervas e os prados, a água brotaria da fonte de juventa e o maná cairia do céu.

II

6

Onde Seriema descobre que foi a Paris para realizar um desejo da mãe.

O maná não brotou do céu, mas eu, Seriema, herdei a ilusão dos ancestrais. Uma crença atávica na magia! Sequer precisaria ter escutado a música da terra:

Deus me deu,
Deus me dá,
sempre me dará.

Com Paris num só passe, a vida ia se transfigurar! Importava saber que o Doutor não dispunha de uma vara de condão? Mais pode a fé que o saber, e eu, já sagrada em Açu, enfim Doutora, escrevi para o homem. Uma, duas cartas, e nenhuma resposta. Xeroquei valentemente a cópia das missivas e reenviei. A insistência não alegava firme determinação? Valeu-me um telegrama:

À sua disposição
Recebo-a quando lhe convier
Queira precisar a data da chegada
Acredite-me seu

Meu? Seu, sim, seu, estava escrito, e lá fui exibir pela taba o contentamento, mostrar de oca em oca. O telegrama era promessa de vida nova, falar e me ouvir na língua que soava como música nos ouvidos da mãe, só pela sonoridade contava e, por isso mesmo, liberava a mãe para sonhar. Com o francês, ia ela imaginando, para as margens do Sena, "para onde, minha filha, existe uma civilização". O francês era o idioma de que a mãe precisava para escapar à realidade e em que eu, por desejar o que ela desejava, pretendia existir.

O sonho materno me obrigava a trocar pelo idioma estrangeiro a língua na qual eu havia me criado e, querendo ou não, sonhava: uma língua vagarosa, de vogais estiradas, quase cantada, que bem pouco caso fazia das prescrições gramaticais, só considerava errado o que não era conforme ao uso e se deixava livremente influenciar pelas melodias da terra.

Mas eu acaso podia me dar conta disso antes de ir à França? quando só o que importava era viajar para "o centro da civilização"? para a cidade que abrilhantava as tantas histórias da mãe sobre Malena, a mãe da mãe, a filha única de Faia. Paris? Ora, a sede de sua avó no exterior, um ano inteiro ela ficou — como senão escolher os mármores e os cristais do palacete? os motivos do teto, dos frisos e dos afrescos do salão? Canapé e poltronas de madeira esculpida e laqueada, a duquesa e as marquesas, guirlandas douradas em toda a volta e outras coloridas nas tapeçarias, estatuetas de Sèvres, Eros e Psique, o vaso de porcelana pintado de melros. Era sala mesmo digna das francesas, como a escadaria que, num só lance, atingia o cimo e foi o cenário das noivas. Descer exibindo a cauda ao som da orquestra, pisando nas nuvens. Uma escadaria copiada de Paris, o mesmo desdobramento, a mesma largura dos degraus. Até as pedras do palacete eram importadas, como as passamanarias das cortinas e os pingentes.

Malena só na França estava em casa e, como só em casa estivesse na França, alegava o menor calorzinho para nunca sair do palacete. A mãe teria preferido o canto de um melro ao gorjeio do sabiá, a copa de um *marronnier* à de qualquer palmeira. Podia eu, Seriema, deixar de ir por elas a Paris? Ia realizando o sonho alheio, descendo sem saber aquela mesma escadaria que pretendia servir Versalhes em Açu, já adorando Luís XIV.

L'Etat c'est moi. O país pelo Rei Sol eu trocava, embora secretamente dividida. Meu sol, meu mar... A empregada?

Fosse como fosse, iria. Marquei pois a data, contrariando o velho hábito de não dizer nem sim nem não, e silenciei, deixando falar o que quisesse a mãe, contar e insistir em que a filhinha, como outrora etecetera e tal. Um feito que de saída me valeu um chapéu que só não era de plumas e paetês, pois ficaria ridículo em terras dos outros. Uma boina de veludo preto melhor conviria para a ocasião em que eu, à moda de Malena, usaria um *tailleur*. Depois, já na Europa, a mesma boina havia de esquentar o precioso casco.

Voava nas malhas da mãe, e eu, que imaginava inaugurar o caminho, trilhava o dos outros, da avó materna, do doutor meu pai e dos papagaios loiros todos especializados fora do país — seres que, empunhando numa pata a foice e na outra o martelo, moravam em palacetes, comiam servidos à francesa e nunca, mesmo adultos, prescindiam de babá. Maria, me dá isso, me dá aquilo, sem nem mesmo dizer por favor.

O fato é que, largando do país, ia ter que me virar. O cotidiano entre serviçais me despreparava, e só por ter o hábito carnavalesco de me transfigurar — japonesa, índia ou tirolesa — conseguiria entrar numa dança que não era propriamente a minha, integrar-me, descobrindo logo que diferia das mulheres de lá. A francesa, por mais doutora, cozinhava e copeirava, eu só era treinada nas artes de mandar. Ela recebia buquês e cartas de amor, Isolda cortejada por Tristão: eu, para brincar, dispensava as flores e os floreios, saía laçar a presa, requebrava e me exibia, não poupava olhares para que logo viesse e comigo brincasse, a corte era eu que fazia

> Isolda... ora, Isolda
> Deixa, mulher
> Oh! deixa de tanto esperar!

7

Onde a heroína se instala no Quartier Latin, treina a pronúncia do francês e sonha com Açu.

De boina e *tailleur*, como se estivesse de véu e grinalda, eu enfim desembarquei. Onde o meu negrinho? Nem mesmo um carregador? Três malas para estar à altura! para agora empurrar uma com o joelho e arrastar as duas outras com as mãos — eu, que para viajar sequer as arrumava! Maria me faz... Percebi logo que não tinha envergadura para tanta vestimenta, mas levei anos para desistir do carregador e me tornar mais leve, trocar as várias malas de couro por uma única de náilon com rodinhas.

— Quartier Latin, disse ao chofer aliviada.

Sim, eu lá era amiga do rei, teria tudo o que quisesse na cama que escolheria, em suma, estaria em casa, como os papagaios todos que se engaiolavam tiritando de frio e treinando o bico para pronunciar o famigerado "e" francês, nem "ê" nem "é", um "e" que mais parecia assobio, porém, não devia chegar a tanto, sob pena de se cometer uma gafe. No tal Quartier estaria no meu exato lugar, embora nascida numa cidade onde até o século XVIII se falava o tupi e eu, do latim, só lembrasse o *alea jacta est.* Importava que o quarto fosse mínimo? a cama tão mole que melhor seria dormir numa rede? Qual nada! A dois passos raiava a Sorbonne, a preclara! Sequer havíamos nós sido descobertos e ela já existia, prodigalizando os saberes, formando os doutores de verdade. Seminário propriamente, e não confederação tupi-guarani! A *Universitas* e o *Panthéon*, os direitos do homem quando entre nós o livro era ainda objeto raro e a mulher, fosse ela solteira ou casada, só existia atrás de uma rótula ou sob uma negra mantilha!

— Dê-me um conhaque e um charuto, *s'il vous plaît*!

— O quê?, responderia como autômato o porteiro. Por não ter entendido ou, ao contrário, por ter ouvido muito bem? Sim, eu desejava um conhaque e um charuto, porém, já não ali. De três estrelas ou três cruzes aquele hotel?

Rua. Onde agora a constelação das Três Marias? O Cruzeiro do Sul? Sequer uma Coca eu consegui. Sim, só por dela não ter feito uma oxítona! *Be bop a lula, she's my baby.* O mesmo disco tocando nos bares e eu que ali não era *baby* de ninguém. Sair do bar. Rue des Écoles, o cego que esmola catando piolhos. Dou-lhe francos para não mais ouvir a ladainha? Esquecer as vidas secas de Paris? Direita na rue Saint-Jacques, pelar e comer castanhas fumegantes, espremer contra o céu da boca, mel de *marron*. Andar ainda. Só o sinal me segura, passa o carro. Antes ver aquele barco

Sena mágico
rio meu
águas que ziguezagueiam coloridas
são furos súbitos de luz, é o *bateau*-nave, dito *mouche*
ele passou e o Hades de novo se fez
são negras as tuas Iemanjás
verdes iaras as tuas águas
devo me atirar?
são odaliscas as tuas musas
são musas de véu e grinalda com quem quero me casar

O rio aterrador e o frio. Nos bares a roupa demasiada, lá fora insuficiente. Uma pele, Seriema? Sim, para agasalhar, e não para emoldurar-te os ombros nus, estolinha de *vison* ou boá, arminho na fantasia de miçangas, pedrarias e paetês. A pele não para luxar ou brincar, e sim para te cobrir. Ou te convertes, menina, ou continuas a fungar.

Dormi, sonhei. O amarelo e o roxo, as outras cores do país, eu flanando entre os ipês e as quaresmeiras de uma praça interiorana, ouvindo o coreto tocar. Chopin no meu sertão. Sobrevoando a cidade de longo amarelo translúcido esvoaçante, descendo de borco — câmara lenta —, me inclinando até pôr os pés na rua Barão do T, onde, vestido de fraque e do tamanho do Pequeno

Polegar, o Doutor sorrindo me entrega uma bola que não era de borracha, e sim de chocolate.

Que outra praça aquela senão a de Vari? Mas a tal Barão do T? T... T de Triunfo, sim, a Barão do Triunfo! A rua onde na infância comprava o meu bombom preferido... embalagem de celofane roxo fosforescente... o casalzinho que dançava, ele de *smoking,* ela de vestido amarelo, o mesmo par nos quatro pontos cardeais — como se o mundo fosse um tablado e no centro estivesse um violão!

Oxalá eu recebesse do Doutor o tal bombom, o Sonho de Valsa, e ele, como o poeta, me dissesse:

Come chocolates, pequena!
Come chocolates!
Olha que não há mais metafísica no mundo senão
[chocolates.
Olha que as religiões todas não ensinam mais do
[que a confeitaria.

8

Onde a heroína marca consulta com o grande homem.

— Alô...

— O Doutor, disse eu à secretária.

— Quem fala?

Ia eu agora responder o quê? O nome? A secretária não me conhecia. O nome e o país de origem. Sim, o quase continente me daria mais cachê.

— Açu? Um momento, por favor.

Os momentos todos, minha senhora... E eu agora digo a ele o quê? Que tive frio, vi o rio e sonhei com chocolates? Pudesse, arredaria pé. Sou quem? Ninguém. *Nemo* eu lhe assevero, a que pisa em ovos e não sabe o rumo... *go back, back, back...*

— Alô... alô... era o homem que se repetia em vão.

— Diga, minha cara.

— Sim, sim Doutor, é que eu já estou, e, como se isso bastasse, emudeci novamente.

— Bem, mas e daí?

Qual autômato:

— Quero vê-lo.

— Venha às cinco.

E, sem mais, o grande homem se esfumou, quem me deu me tirou. O quê? E fiquei eu na linha para ouvir a batida. Aquilo já seria uma interpretação? O corte tão abrupto. De que servia? Ouvir o *estou* e o *quero*. Acaso não era o que importava? Dois anos eu a ele só me prometendo! Bastava obviamente assinalar que eu havia chegado.

Pernas pra que te quero? Saí andar desentendida, entender só na rua. Sim, o homem não havia sido lacônico e imperativo gratuitamente. O *e daí?* não me levou a pronunciar o *quero*? O *venha* não era então a melhor resposta para aquele desejo imperioso, feito de urgência? Bem-vinda eu era, *welcome*, *bienvenue*... Dê-me beaujolais. Cigarros *king size* também. O paraíso meu é dos estrangeiros, o exílio cor de vinho... Às cinco ele me espera. Quero antes me benzer. Notre-Dame, caleidoscópica rosácea, pó de lápis-lazúli no vitral, verde hera sobre o sexo de Adão, amarelo-ouro para coroar a virgem — verde-amarelo, bandeira tropical... Às cinco vou ter com ele para quê? com ele quem? existirá algum caminho que não passe pela esfinge? outra hora que não seja da decisiva vez?

Hora e vez de dizer quem era. Possível? Uma história americana da imigração, senhor Doutor, uma açuana que não o é para os do Cedro e tampouco para os de Açu. Entre estes, aliás, é uma turca, um ser inviável, senhor Doutor, no próprio país, à procura de outro onde seja reconhecida. Dizer isso a ele? Impossível, por ignorar quem eu era e o que me movia, além obviamente de pouco me importar com saber, estar ali só querendo ser amada sem condições, sem nada ter que falar, oferecendo apenas o silêncio. Que ele me deixasse permanecer calada e assim me desse uma prova de amor. Se você me ama, não me peça que eu lhe diga por que o escolhido é você, não exija nada para que eu possa te dar tudo, te seduzir e continuar na ignorância.

Às cinco horas em ponto eu tocaria, alheia ao motivo que me levava, adiando a possibilidade de descobrir que o desterro era a condição de quem, só se desterrando, saberia de si, concluiria que a imigração era a história dos outros e a França, um ideal que não era propriamente o seu.

9

Onde o Doutor aconselha Seriema a procurar um analista que fale a língua dela.

O Doutor marcava hora. Ser pontual ele não era. Porque fosse caprichoso? fizesse pouco da espera? exigisse mais esta prova?, me perguntava eu na antessala, encadeando dúvidas.

O valor da hora ali era relativo, como aliás só podia ser. O Doutor então não havia sido expulso da multinacional por causa do tempo da sessão? por querer que este dependesse só do que se dizia? não havia pago com o banimento definitivo por se opor à sacrossanta regra dos cinquenta minutos? Nem um segundo a mais, nem um a menos! A duração da sessão dele sendo imprevisível, a pontualidade só podia ser inviável. O relógio que ficasse para os analistas ingleses! O Doutor obedecia aos imperativos da palavra, reivindicava o direito a outro estilo. Menos para lorde e mais para Buffon, conterrâneo que ele repetidamente citava, lembrando que "o estilo é o homem".

Nem os cinquenta minutos, nem o atendimento segundo a ordem de chegada. O senhor do tempo ele acaso seria? Surgia na porta da sala, fixava um, outro, hesitava balançando qual pêndulo o corpo, estendia depois a mão para o escolhido como se nela houvesse uma oferenda. O que entretanto o levava a se decidir? Por que às vezes me recebia logo que me visse, deixando-me para o fim em outras ocasiões? A ordem não podia mesmo ser um critério naquele contexto, onde tudo, inclusive o preço, dependia do que era dito. Mas que fala abria o sésamo ou o adiava, me obrigando a esperar?

— Venha, disse logo o enigmático Doutor naquele dia. Que eu sentasse numa cadeira, e ele ocupou outra, de face e a dois passos, tapando-me a vista do divã e da poltrona, que reluzia sempre pelas suas incrustações de madrepérola. O assento do psicanalista seria?

— Diga, eu aqui estou à sua escuta, o Doutor já me cobrava o dito, não deixava que silenciando engolisse Sonhos de Valsa, comesse chocolate.

— Sim, eu agora posso ficar quatro meses

— O quê?

— Os quatro meses combinados.

Promessa é dívida, mas eu me escudava no já combinado para não me comprometer. *Posso* não era propriamente *vou*, e a minha hesitação o contaminou.

— O francês?, um problema, disse ele, me fazendo avançar em sua direção.

— Só me dar um tempo...

O homem deu antes mais um passo para trás:

— Poderia enviá-la a uma discípula de língua açuana, uma analista de Jaçu.

— Jaçu?

— O país dos vossos descobridores!

— Se não for com o senhor, tomo ainda hoje o avião.

— Bem, então, volte amanhã.

Disse, levantou, abriu a porta e saiu, me deixando seguir atônita. O fato é que o decisivo havia sido dito, ele ou ninguém significava: só ele, condição absoluta. O Doutor talvez tivesse simulado a hesitação para precipitar os fatos, porém, foi por ter mencionado a jaçuana que me obrigou a fincar pé. Sim, eu com ela deixaria de estar em casa até na própria língua. A analista recomendada me visse comendo um sanduíche diria que eu ingeria um prego, e eu, ignorando ser o tal prego sinônimo de sanduíche, me perguntaria por que a mulher me considerava masoquista. Se inadvertidamente a elogiasse por algum broche, me expulsaria sem mais do consultório, imaginando que ousava louvá-la pela sua felação e me tomando por uma tupiniquim sádica. Caso eu chamasse alguém de puto, ficaria pasma diante do ódio manifesto no tom, por entender que um puto fosse um anjo. O mesmo ocorreria se enraivecida eu dissesse bestial, que no jaçuano dela significa supimpa. Podíamos nos entender? ela não considerar que eu deturpava a sua língua desconhecendo-lhe os sentidos secularmente existentes? Isso sem falar da sintaxe, das frases todas que, por força do hábito, eu começaria por um pronome pessoal, transformando em arcaísmo a regra contrária a isso e assim desacreditando a gramática: Me esforcei em vão... Se dispôs e não foi valorizada... Da perspectiva dela, eu talvez precisasse menos de sessões do que de aulas.

Ir à França pela jaçuana? Sequer desejava ouvir falar. Precisaria do Doutor para me saber América e sonhar com os descobridores navegando pelas serras áureas, as montanhas de auréola verde, esmeraldinas, as que resplandeciam como viva chama, só de rubi. Sim, imaginá-los entre quimeras e sereias, descendo das caravelas numa terra onde a natureza era sem defeito, e, no topo das árvores, uma ave de plumagem formosa — que supostamente descendia dos anjos — imitava a voz humana, o papagaio, enquanto uma mulher sem vergonha das suas vergonhas se oferecia para brincar.

10

Onde o Doutor pensa que Seriema é uma índia. Evocação de Faia, o bisavô paterno.

Ora os jaçuanos, a discípula... Jamais! O Doutor ou ninguém. Aprender o francês nem que preciso fosse mastigar as palavras, ruminar Proust e os outros todos que a própria cidade pelas tantas estátuas impunha. Bastava me deter nelas para topar na ignorância de autores que a civilização havia entronizado: Rousseau, Voltaire, Corneille, Molière... No seu silêncio secular, sisuda ou sorridente, a estátua, denunciando a incultura, me humilhava, agigantando-se, me diminuía. Precisava eu crescer, abocanhar o conhecimento para impedir que me esmagasse. Uma canibal com fome de leão! A cada esquina, verdadeira luta de prestígio: *versus* Montaigne, Diderot... O passeio virava uma guerra de onde só não saía inteiramente combalida por estar certa de que ninguém a testemunhava.

Vergonha de ser quem era, inculta e mais para a cor de oliva. Insensatez em que rejeitava tudo que me revelasse diferente, praticava uma xenofobia cujo objeto era eu mesma, capaz de inibir o menor dos gestos esboçados e banir até a sombra.

A cada linha de Proust, uma palavra desconhecida, eu que devorava livros só fazia engasgar regurgitando fel. A indigesta procura! Não fosse o Doutor, o meu tempo perdido ser o do que eu ainda não lhe havia dito...

— Aqui, você é chamada de açuanazinha, comentou ele no dia seguinte.

O tom envolvente não amenizava o eclipse do nome atrás da origem, e eu, só me dizendo *Nemo*, não percebi que a tal açuanazinha era a medida da irradiação do grande homem, Doutor de França às terras de Açu!

— Sangue índio na sua família?

Uma pergunta inesperada. Queria mesmo saber se, ainda que remotamente, eu era uma silvícola? Se acaso descendia daqueles seres que se exibiam inteiramente nus e se atiravam para embarcar nos navios europeus, acreditando assim partir para o céu? Se ali estava como outrora os tupinambás para animar as festas francesas, propiciar a reis e rainhas, bispos e prelados o espetáculo do Novo Mundo? Onde o arco e a flecha? as plumas e os maracás?, respondi engolindo em seco:

— Só libaneses, emigrantes.

— Que mais?, indagou o Doutor, já então noutro tom, imperativo.

— Mais sou eu aqui na França, uma estranha até entre as estátuas.

Xan, o ator, agora entrou em cena:

— O país, a casa, os familiares... Uma grande largada, de um para outro continente... Como se você tivesse partido descobrir a América!

Sim, e com tanto me entregou à rua, à América, a que, através dele, eu havia de descobrir. Indicando a epopeia, me fascinou e me amarrou.

Porque eu quisesse as amarras, claro, delas me servisse precisamente para ignorar a dita América. Atirar-me na França para me esquecer de Açu, a terra da imigração, a mal-amada, a que o ancestral não legou. Hila? Desprezava os açuanii. Jarja? Só amava o passado. Faia, o grande, o bisavô materno, foi América fazendo-a, mas ele acaso nos legou um país? Só a memória da sua audácia, da paixão pela esposa e do ódio entre os herdeiros. Ódio porque o seu lema era DINHEIRO OU MORTE? Verdade que, lá na sua terra de ninguém, só o pobre pagava os desmandos do turco. O rico, cristão ou muçulmano, era aliado dos otomanos, da Porta. A vida pela riqueza! e Faia partiu. Várias sacas de ouro acumuladas em menos de uma década, no comércio de arroz, café e algodão. Apostar então no marco alemão toda sua inteira fortuna. A zero novamente. Porque estivesse como o pobre destinado a apostar a vida? O comércio, o marco e o mato... Sim, ouro ele da madeira tiraria! "Volto rico", e o mato deu a Faia o que ele queria, o ouro e o cafezal tamanho que o trem o atravessava — levar e trazer da cidade Azize dos olhos como pombas, dos lábios como lírios que gotejam mirra. Azize... para ela, incensar a morada, aspergir essência de jasmim, colher o viço do pomar e do jardim a rosa, o narciso, o jacinto e a violeta, sanear o terreno todo, que nem uma só mosca a devia molestar!

Você tomou meu coração
Irmã esposa
Com um só dos teus olhares
Um só anel dos teus colares

Você é um jardim bem fechado, fonte lacrada
Irmã esposa
O teu corpo é um parque de romãs
Com frutos sublimes
As henas com os nardos
O nardo e o açafrão
A canela e o cinamomo
Com todas as árvores de incenso
A mirra e o aloés
Com todos os melhores bálsamos

Fonte de jardins
Irmã esposa
Poço de água viva
Que jorra lá do Líbano

Que para Azize se erguesse na metrópole um palacete no cume da colina mais alta, *Qal'at al--Hamra*... jardim de cafeeiros onde ela com ele sonharia — nós pequenos colhíamos as bagas cor de cereja... minarete, a torre onde brincávamos... harém e dança do ventre nas pinturas murais... odalisca que admirávamos sem saber se ela era ou não a do Carnaval... Baalbeck, as incomensuráveis colunas pintadas... chão de tapetes persas onde, pulando, nós reinventávamos o jogo da amarelinha — de um a outro losango, quadrado a quadrado... céu azul de estrelas e outro de arabescos... a vinha nos entalhes de estuque, pedra e madeira... escadaria francesa... sala do retrato de Luís XIV, o mui cristão — o que mais nos assombrava, cabeleira e cachos de mulher. A França e o Oriente, uma flor híbrida num oásis tropical.

Que o palacete reluzisse eternamente — e nem por decreto se apagou. blecaute na cidade durante a Segunda Guerra. Pelo reflexo da lua nos cristais bisotados, continuou o palacete a raiar, tão impávido nos trópicos como na Sierra Nevada o Alhambra, o castelo vermelho de que Jarja nos falava.

Que de tal morada saísse o féretro, ébano de lírios brancos coberto, o esquife num coche. Adeus, Faia... Continuasse ali vivendo a filha única, Malena, receber os do Cedro, abrir a casa a quem anunciasse visita, acolher músicos e poetas, celebrar nascimentos no rigor da tradição — *arak* e o doce que ensejava fortuna e felicidade, de nozes, amêndoas e uva-passa —, casar os filhos... Pérolas para os convidados, perfume de rosas e flor de laranjeira. O padre, o marido e a esposa para todo o sempre e, à luz das lanternas chinesas, a mesma valsa vienense.

Reluzia a morada, mas não era ouro, ela antes foi o testamento que você, Faia, ousou deixar. Que Malena aos herdeiros aplicasse a lei corânica! Aos filhos homens, ela entregasse a parte do leão... Uma guerra fratricida foi o teu legado. O filho tomado pelo ódio contra o filho, violentando assim a mãe, o irmão negando ao outro o amor que dele se espera, agindo como um danado, torturando e se consumindo como no inferno até a demolição do minarete. Quatro tratores de enfiada se quebraram! Abatido e leiloado, o palacete entre os antiquários, aonde iriam depois os tios, os pobres herdeiros, mendigar pedaços, uma coluna, um lustre, um vitral, exibir a pena até perceberem que contra os fatos era inútil se debater, esquentar ainda mais a cabeça. Disputaram como águias. Quem levou foi a raposa.

Açu Faia você foi, transmitindo a memória de uma terra onde vimos o clã se dilacerar, nos perguntamos se a infância havia sido uma miragem. Açu, impedindo que se herdasse o que você amealhou, exigindo do descendente que ele bradasse DINHEIRO OU MORTE e desconhecesse o que poderia ser a fraternidade. Um país impossível, o país imaginário dos apátridas, você nos legou.

11

Onde Seriema fica matutando as razões de ir ao Doutor.

Descobrir a América? Lembrar-me do clã? de Tão, que se fez abatendo o minarete e arrancando os cafeeiros? condenando as mansões e a saudade da infância, construindo arranha-céus saudosistas em forma de palacetes, aterrando os rios para dar espaço a outros prédios e tornar idênticos os horizontes de todos os vales e colinas. Querer Tão, deixando a fumaça das indústrias se espraiar? tingindo-se de cinza e desmentindo estrelas, exigindo que arrancássemos do concreto e do alumínio o nosso lirismo?

O Oriente Tão?
Só fumega nesses teus espetos giratórios
A Itália?
Teme o *grime roroso*
Longe ela queria estar
Ciao! Adeus!
Mulher mestiça é bonita

Mulher de Tão, gringo, além de bonita é barata
Queres?
Ilumina, Tão, a mãe preta
Dá-lhe garrafas de pinga e folhas secas de mandinga
Deixa estar o Nordeste
Nessa carambola a gente escorrega com a língua

Tuas colinas e vales hoje sem vista
Tua saudosa rua Boa Vista
Tua memória que eu, louca de Tão, procuro
[como agulha no palheiro

Açu? Ora... Mais ver Paris! Cede, Joana d'Arc, o teu cavalo, este bronze verde amazônico. O estandarte e o elmo não, o galope somente para ver o outono, atravessar jardins de ocre. O trópico, Joana d'Arc? Um ideal de quatro estações, folhas secas como estas farfalhando ao vento.

Os lírios silvestres — cores que mais são nomes. *Desert song* ou *Born again*? *Evasion* em todo caso. *Bar de nuit*, *After Dark* e por que não *Wedding You*? Todas servem. Colho nenhuma. Sigo pelo cais. Queres o quê, menina? Soubesse... Comer, certamente. Rue Saint-André-des-Arts, haverá confeitarias? A velha que esmola sonha doces ou cala impropérios? Mais parece o nariz dela um pendente, as sobrancelhas duas negras foices. Para se maquiar, o dinheiro não lhe falta, mendiga de Paris é diferente, desta rua onde um come crepe e outro fogo engole, se exibindo, a comprida labareda. Também aqui se ingere o pão que o diabo amassou. Onde quer que haja um pobre... Ao doce! Caraíba ou *Yeux de Moscou*? *Mélodie, Douceur, Passion*. Levo *Paradis*. O grande homem acaso quererá? O que nada quer e nunca se explica, o enigmático Doutor. A palavra a conta-gotas. À espera dela ficava Xan nos seminários. O verbo? Que o ouvinte o escutasse, suportando a palavra em falta. Quisesse logo o sentido, se frustrava. Só depois, só depois, parecia o Doutor sugerir, recusando a pronta inteligibilidade. Que se caminhasse para saber do caminho. Analisandos efetivamente pacientes o grande homem queria — Zen ou mestre Xan?

Seminário ou sessão eu então dispensava. Para que me enviasse à jaçuana ou à América? me fizesse a cada passo mais ignorar o sentido daquela cura? "Minha cara, minha irmã", eu ia hoje dizer a ele o quê?

— De nada mais estou certa.

— Verdade?, perguntou o Doutor.

— É.

— Hum... Diga, me diga

— O porquê e o para quê eu ignoro, o motivo que me traz aqui. Compelida a vir!

— Isso lá é, comentou ele, se aproximando, me olhar.

— Quem, mas quem me obriga a vir?

— Diga, minha irmã.

— Se eu soubesse... Querer, infelizmente, não é poder.

— Pois é. Até amanhã.

12

Onde Seriema tem dúvidas sobre o tratamento do Doutor. Evocação de Inhô, tio paterno.

A tarde comigo mesma. Um passo me perguntando por quê?, outro, para quê? Podia o papagaio loiro, sorbonícola de Tão, não saber? Se sustentaria como esse otário no poleiro? Cura extravagante a do Doutor, ideia esdrúxula a de ter que dizer e se perder para encontrar!

Tivesse lido menos e mais considerado a existência da ovelha negra da família, a errância de um dos irmãos do pai, saberia me perder para achar, entrar na do grande homem para dela sair. Sidney, então tem parente? Austrália! Inhô rumava. São Francisco, Filadélfia... pé na estrada, conhecer quem contasse a história, revelasse o Cedro passado, a genealogia. Inhô sem a verdade da diáspora acaso existia? Importava errar para descobrir? Vari era sem ser o mundo, ponto de partida para qualquer outra cidade onde alguém da tribo tivesse se radicado... Ia porque só quisesse, como Jarja, o perdido país? Só as histórias que Jarja não contava, mesmo porque o Cedro estava no coração de Vari, no galpão onde Inhô vendendo passava o dia, onde tudo se negociava e a profusão era a do *souk*... mesas, cadeiras, armários, tapetes, passadeiras, o lustre de cristal veneziano, o pêndulo secular em que Inhô dava corda e de novo batia a hora, a roleta e as fichas de madrepérola, os rádios — centenas deles, empilhados entre panelas, tachos, fogareiros, quinquilharias adquiridas aos montões, aos pacotes, aos milhares —, dez mil bocais de lâmpada... "O suficiente para iluminar a maior das quermesses", dizia Inhô, prodigalizando mais esta surpresa.

Nem de se perder e nem de perder o tio tinha medo. A crise só para os outros — não porque fosse rico, e sim por não economizar. Pagava a pena? Acaso fazia sonhar? Que na sua mesa não faltasse o quibe, a *esfiha*, a folha de uva, o leitão pururuca, o pernil assado, o frango a passarinho, a lasanha, o risoto. O Oriente e o Ocidente justapostos — como as cores de uma paleta —, pois ele de tudo gostava e mais ainda de comer, fartar-se nas refeições, deliciando--se entre elas com doces cristalizados, mamão, jaca, cidra, laranja e abacaxi, biscoitos amanteigados em forma de estrela ou meia-lua, balas e bombons servidos na bandeja, que passava obrigatoriamente para qualquer visita.

A mesa farta na terra de Açu. Sem nenhum cuidado, ao contrário do que ensinava Hila, porque o tio não acreditava, como ela, que estivesse no céu e daí podia cair, tampouco que só pelo dinheiro tivesse adquirido o direito de existir. Açu era dele, como Sidney ou Filadélfia. A diáspora era a sua história e a terra toda, o seu país.

Inhô está?
Viajá...
Voltô?
Sonhá

13

Onde, sonhando, Seriema leva o grande homem para Açu.

Inhô podia se perder, já eu não estava para isso, errar de uma a outra palavra e me desentender. O grande homem que me perdoasse, férias do Inconsciente eu tiraria! Uma retirada tática, como se tática de se retirar houvesse e, por simples decreto, eu deixasse de ser eu. Papagaio voluntarista, loro, loro, loro... poder é querer, dequerê, dequerê, dequerê.

Viajar... O que dizendo?, eu então não estava na França pelo Doutor? Justificar como a súbita urgência do contrário? e, quanto mais ensaiava as várias justificativas, mais o homem parecia um carcereiro.

Que ele, como outrora o pai, me interditasse — para não ser órfã, eu reinventava o censor. Onde a antiga fúria e a ameaça do chicote, a reprimenda que me serenava? Onde o pai? e assim, temendo a violência invocada, perambulei ainda, consumindo vinho para me armar, anunciar a partida como se enfrentasse a ira paterna contra o namorado.

Qual ira, qual *pater*, qual nada. Seriema que se fosse, ficasse órfã, viajasse ela para longe e bebesse ainda:

— Bem, minha cara, e eu então a revejo quando?

— O quê?, perguntei intempestivamente, indignada com a indiferença, e só respondendo depois de um silêncio:

— Dentro de uns quinze dias

— Quinze, concluiu de modo peremptório o Doutor, me entregando depois à sorte.

Nem tentava me dissuadir, nem sequer me obrigava a pagar as faltas! Porque quisesse voltar o mais rapidamente ao livro de Santa Teresa, o mesmo que há dias estava aberto sobre sua mesa? Acaso procurava mais alguma citação para o seu seminário, convencido de que a mística nos faria enfim entender que de amor se pode morrer?

Basta, poderia ter me dito o Doutor. Basta de só querer o pai, o chicote e a reprimenda, procurar outro que se oponha a você e te impeça de saber que o outro te falta, saber, menina, da tua falta. Segue, Seriema, persegue agora a verdade, a tua.

Deux Magots, o bar para me esquecer da sessão.

— Um charuto, por favor, conhaque de roldão, pedi ao garçom, que não me estranhou e me deu logo uma dose dupla.

— E você, também quer?, perguntei a um saltimbanco vestido de vermelho que me encarava. — Sente-

-se. Ponha o guarda-chuva e o chapéu na cadeira que o bar está vazio...

— *Grazzie.*

— Italiano? Já eu sou francesa e gostaria de me aposentar... Até logo. Sim, até mais. Outro dia nos veremos, certamente.

Quinze dias em falta do enigmático, do que aceitava sem mais a retirada, porém insistia na volta. Se ele de fato me quisesse, se ele me esperasse... e, de se em se, viajei para voltar ao Doutor, topar a cada passo na ignorância que me perseguia. A inscrição em latim, o que significa? Arquitetura românica, o que é? Do império romano? Ao dicionário. Uma arquitetura da Idade Média. Mas esta Idade de quando a quando? Uma armadura é isso aí? E um elmo?

Uma história que, não datando do Descobrimento, só me confundia. Que o jaçuano fosse a última flor do lácio pouco importava, eu na tal latinidade existia? Vinda de uma periferia avessa às origens, chamada Açu, um país lá do rés do chão. Até para os esgotos Paris oferecia visitas, promovia conferências. Visita-conferência e já estava a merda glorificada pelo saber. Outros quinhentos! Já em casa, lá embaixo, nem o ouro nos valera museu. Um único que fosse! e eu, indignada, viajava só querendo o Doutor, o seu "venha", o seu "minha irmã".

Que escuta aquela que me incitava a falar, desejando mais e ainda dizer? capturava fazendo acreditar numa saída? Quem o homem? Um eterno cachimbo de âmbar e marfim, menos para fumar do que para aplacar sua boca. Vestimenta de veludo e seda, cor de bispo ou outra que fosse extravagante, como se no consultório ele estivesse no palco — protagonista silencioso da cena que invariavelmente o surpreendia; enquanto pai, avô, mãe ou madrasta, no papel que lhe fosse atribuído.

— Entre, ele me vendo falou, e, como se ali o tempo de ausência não contasse: — Diga.

Dizer que bem te vi, cavaleiro, lá onde a Ursa Maior não desponta, mas o Cruzeiro do Sul brilha? Oi é... banana-nanica, prata e maçã... sabiá-piranga, sabiá, saiaúna...

— Diga, repetiu ele, interrompendo o pensamento.

— Só quero mesmo lhe contar o que vi.

— Onde?, perguntou surpreendido.

— Sonhando, e era o senhor que lá na terra comia sapoti; no alto de uma mangueira, eu, na mesma copa farta, que bebia guaraná, um só rindo para o outro, para o anjo retinto coroado de ipê... o senhor, que soletrava palavras, ca-ram-bo-la, ma-ra-cu-já, a-ba-ca-xi, dizia *ca* e era uma ave que pousava, *ram* outra — ararajubas, araras-vermelhas, jandaias para comer da sua ambrosia. “Me dá, me dá, oi, me dá sapoti”, e o senhor saciava os bichos como podia, repetindo “Quem me quis me levou, me levou...”. Foi com o anjo para o céu, seguido de papagaios e periquitos-verdes.

— Desta para a melhor!, exclamou ele.

O céu, o papagaio, o Doutor no meu país. Sobretudo não me separar, agora que o prazo se esgotava, os quatro meses.

— Só mais quinze dias, disse eu na despedida.

— Até amanhã, respondeu o homem enfaticamente, fazendo pouco da separação. O que ali importava então não era o encontro e a palavra que renovava a sua promessa? Ora, o prazo, o tempo objetivo.

Amanhã todo dia, sessão atrás de sessão, e os dias e as horas para decifrar as palavras ditas e as escritas, comigo levar para Açu o Doutor. Podia? A mulher para ele era a lira do homem, seu falo. Ninguém podia dizer isso impunemente, sobretudo eu, que já imaginava os varões lá da terra me acusando de roubar o dito-cujo, organizando-se para mostrar com quantos paus se faz uma canoa. A heresia era tamanha que o concílio dos homens, na impossibilidade de me condenar à fogueira, decretaria o gelo, acabava-se formando um iceberg num país tropical.

Claro que o falo não era o pênis. Quem desejaria distinguir um do outro e me deixar com o primeiro? Qual dos varões, seres por definição autossuficientes, aceitaria depender das mulheres? A qualquer preço, me obrigariam a dobrar a língua, a colocar o rabo entre as pernas. O tal do falo era uma pedra no caminho. Precisaria exercitar-me para sustentar o discurso contra os opositores, pedregulhos na boca para vencer os conterrâneos do outro sexo, que ademais não reconheciam em mim a sua lira por não serem de cantar o amor, e sim de esperar que eu os cantasse. Ora, macho que é macho poderia como um Baudelaire se desmanchar? preferir o amor à vida, como Tristão?

A teoria que me valorizava era uma declaração de guerra, uma condenação à solitária. Um passo adiante, outro necessariamente para trás. O país? Ai, ai, meu Deus!

14

Onde o Doutor, só com um trocadilho, põe Seriema diante da história do seu sobrenome.

A verdade é que, no culto dos textos, eu, Seriema, andava esquecida até de comer, fato que então só me incomodava por deixar fechado o vasto capítulo da culinária francesa. Tantos por abrir, dos saberes modernos, renascentistas e medievais! Já então, nenhuma arte românica me desbancava. Diante de qualquer pórtico, indicaria logo o tímpano, o lintel e o tremó, nomeando uma a uma as figuras representadas. Quanto aos elmos, mais nenhum tipo eu desconhecia, as maças eu classificava, as arbaletas e as espadas, armas e brasões! Pronta para qualquer torneio, encetar papagueando uma verdadeira cruzada contra a ignorância. Quem não me viu verá! e, de exclamação em riste, lá fui eu à última sessão, me despedir do grande homem:

— O que não deu já não dá.

— Isso lá é verdade, disse ele sem comoção.

— O que me resta é fazer o balanço, como se ali se tratasse de pesos e medidas.

— Pois então faça, minha cara.

— O para que eu estive e o por que agora vou... eu comigo levo interrogações.

— Sim?

— De que me servirá o renome do Doutor?

— Hum... o que mais?

— Três vezes sonhei que lhe pedia para ler o nome de uma rua.

— Sim, sim, é bem curioso... Nome, renome... A senhora talvez faça do meu renome um nome.

Quem falou se levantou. Fiquei na questão do nome, que eu teria desejado evitar. O que teria designado lá no Cedro? A que atributos existira associado o nome que primeiro soou estranho aos ouvidos açuanos, não se podia dizer na língua do novo país e, só pela troca de uma vogal, conseguiu existir?

Não é que o Doutor acertara? Quisesse ou não, se tratava de fazer o tal do nome. Sim, mas como satisfazer a este imperativo? O caminho de casa já não era o de Açu, porém o do Doutor, o único que me permitiria saber.

Assim, tendo sido maneiro, aceitando o prazo fixo de quatro meses, ele capturou a sua presa — eu, Seriema, que agora só voltaria ao país desatracar o navio e começar a verdadeira viagem.

III

O Périplo

15

Onde Seriema volta à sua terra, tem uma decepção sentimental e vai de novo a Paris, sob as ordens de mamãe.

O país? Deus!, eu ali só estava de corpo presente. "Boa viagem?" Qual? a próxima seria? Tão quer quê? eu com Tão faço quê? Maria, me diga, me diz. O quê? Abandonou a casa? Maria, me diz, me dá... Nessa casa eu já não me quero... O noivo se apresenta ou já nunca, não mais?

Percebi logo que outra o ocupava. Verdade? Ora, me fazer isso... Amarguei o abandono, invejando a que tudo merecia e contra ela tudo me autorizando. Separava-me, mas deixaria minado o chão onde a outra pisasse, a grande outra, que eu tanto odiava quanto amava Xan.

A casa, não. Maria, não, o noivo, não... Beber e andar sem rumo, uma só e mesma angústia, o corpo como monolito, eu dele dissociada, na ideia fixa de me vingar. Atirar na outra para inconscientemente voltar a Xan? Sim, ser obrigada a me afastar, deixar logo Tão.

A nada eu me ligava e nada me fazia escapar à monotonia daquela paixão assassina, eu só estava para matar ou morrer. Ora, não, Seriema! Matar? Uma doutora! e a mãe se escandalizando intercedeu. Que a menina fosse para o exterior se curar daquele ódio, de amor assim tamanho.

Avião, sob as ordens de mamãe. Ia, mas para que eu agora ia? Ioiô de um para outro país, porque não resistisse a Xan, devesse atender à mãe, sem de fato saber o que eu, Seriema, queria. Segui viagem, certa de que já não veria estrelas, porque estava nublado o meu céu.

Só vingança clamava a cabeça. Que se marcasse a fogo o rosto da outra, surra de rabo-de-tatu pelas cicatrizes definitivas, perfuração da carótida — cenas de antanho naquele drama em que era sem ser eu.

Paris? Pouco me importava. Podia o Louvre estar à disposição, a Comédie Française, eu só queria beber do meu fel.

O Doutor? Ia eu confessar as intenções assassinas e me denunciar? Do quarto para o metrô, onde circular aninhada, envolta pela terra e aquecida pela presença de gente que nada pedia. Errar de uma a outra estação, saltar ou não, só me deter por algum músico, me embalar na voz. O metrô para não ir a lugar nenhum, adiar o Doutor, me vingando, purgar a culpa de quem não existia segundo as normas e perambulava, excluída do espaço dos normais. Os subterrâneos para me repetir no mesmo propósito assassino, odiando me agigantar.

O dragão da maldade! Banida entre os banidos, até capaz de matar.

Seria para do renome fazer o nome? atender à expectativa do enigmático ou a ele escapar definitivamente? Numa cela, eu não corria o risco da paixão, o de me alienar naquele outro que, incitando a falar, me fazia querer mais e ainda. Trancafiada, eu não me debateria no labirinto das palavras à procura de uma saída, não estaria à mercê do único que tanto poderia indicá-la quanto me condenar à espera. Presidiária eu não seria presa do Doutor.

16

Onde o Doutor põe os pingos nos is.

Ia vê-lo? Gare du Nord... Não, não ia, Gare de l'Est... Ia, não ia, bem me quer, mal me quer, Châtelet. Bem ou mal?

A açuanazinha aqui de novo?, se perguntaria ele estranhando. Hum... sem aviso prévio, clandestinamente. Gastar com ela o precioso latim? O que fizera do Inconsciente e da sua divisa? Nada pela Causa? E, como se fosse topar no censor, eu só ia me retraindo, como se temesse o pai e a ameaça do chicote. O que pensaria o homem do meu propósito assassino? Eu, que já não era um cordeirinho do bom pastor lá ia dizer o quê? Desistir do ódio que me escudava contra o passado, o presente e o futuro? Conhaque, vários copos para subir a escadaria do Doutor. Um qualquer, até álcool puro eu beberia.

— Sim, entre, só me disse ele, dissimulando talvez o espanto.

Bem ou mal me quer? me indagava eu, ainda desfolhando a margarida imaginária. Se bem me quer, ótimo, do contrário, vou andar.

— Diga.

— O quê?

— O que bem lhe aprouver, respondeu o grande homem, sugerindo que tudo ele podia escutar.

Verdade seria? Ou permissivo só para me fisgar me denunciar me trancafiar? O silêncio, Seriema, é de ouro.

— O que quer que você diga, eu nada posso contra você, asseverou o Doutor interrompendo o silêncio.

— Só me restou voltar... Só para isso aliás eu fui.

Sem eira nem beira, a moça, um navio sem lastro e ele sorrateiramente voltou atrás:

— O risco é todo seu, eu aqui não posso responder pelo que faz ou lhe servir de garantia.

O Doutor acabava de pronunciar o desafio de que eu precisava para deixar o subterrâneo e entrar na cidade. Quem não me viu me verá!

— A garantia eu dispenso e com o risco me basto, respondi num rompante.

— Bem, então, até amanhã.

O grande homem! Curto e grosso para me curar. Sim, eu Seriema quisesse, eu Seriema me virasse. Xan agira como o pai que incitava a ousar, e eu, me lembrando do passado, vi nas cerejas o verão; na cor das violetas, o roxo obnubilante das quaresmeiras remotas em flor.

Dá-me uma, dá-me duas, Joana d'Arc, dá-me o teu cavalo para ver aquele rio

espelho mágico
Sena meu...
el día que me quieras
bésame logo, *sea* louco, *sea mucho*
Ícaro se derreteu foi com o sol
eu, na noite deste imaginário chamego
me quieres?
Sou louco por ti Amanda, Durvalina, Conceição
então, toma e vê se me dá lá
rock and rolla, dá-me
cavalga comigo por todas as valquírias
o teu perfume é de beijar-flor
já se vai?
algum homem que seja de conserva?
algum porto nesse mar?
nenhuma conversa possível?
Blue moon
espelho d'água, espelho meu
quantos suicídios completos você me deu!

17

Onde Seriema descobre que não sabe dizer não *ao Doutor.*
Evocação de Labi, o tio-avô paterno.

O só desafio e o Doutor me arrebatou. Sim, por ter ocupado o lugar do pai, me fazer existir imaginariamente protegida como na infância. Já não havia por que me escudar no ódio.

Livre eu estava da ideia fixa de matar, mas para só andar nos passos do Doutor, só existir por e para ele, nunca proferir o *não* como o tio-avô paterno, Labi, que só aprendeu e ensinou a dizer o *sim*, e foi repetidamente objeto do desejo alheio. O tio que um dia adormeceu no porão do navio só tendo como país o regaço de Iana, sua mãe, atravessou o Atlântico sem saber por que e desembarcou noutro continente ignorando para quê. Deu primeiro a mão a Iana, como soía ser e mais tarde a Jarja, seu irmão mais velho, que lhe indicou a trilha. Sapateiro. Curtir o couro, recortar, montar, pespontar — educar-se no pé de ferro, na malha e na sovela. Comerciante. Poupar então a Jarja os esforços maiores e só dizer que bem-feito estava tudo quanto fazia... Só ter a tribo como pátria, recitar como ladainha a genealogia...

Ayub, filho de Yusef e pai de Rachid, Fadlala e Tanus...
Faiad, irmão de meu avô, pai de Amin, morto
[infelizmente de tristeza
e pai de Madalena...
Felícia, Azize e Letícia, três irmãs, delas três só uma
[se casou...
Rachid? os filhos nessa terra de Açu...
Fadlala? Estados Unidos, Virgínia, Roanok, uma gente
[que é de bem...
Tanus? Austrália, noutro continente...

Lembrar-se com precisão das datas, nascimentos, mortes e casamentos — do dia em que lá na aldeia a prometida havia se unido a quem desde sempre a esperava. Tudo saber do país dos rios de leite e mel, das cidades debruçadas sobre promontórios ou aninhadas no fundo dos vales, das casas de pedra talhada e telhas vermelhas, dos jardins de gardênias e jasmim nacarado, acácias, glicínias e mimosas, dos canteiros em forma de arabesco — rosa Xerazade, carmesim... rosa cor de ouro, Hatschepsut —, da maçã como não existia igual em lugar nenhum, da uva que naquele clima ficava um mel e dava o melado de uva para comer o ano inteiro, do convívio dos homens entretido pelo narguilé e a memória do sabre heroicamente brandido, da presença velada de mulheres atrás de gelosias e de outras retas para equilibrar na cabeça a sua moringa. Rememorar e enaltecer como Jarja o perdido país, embora, à diferença deste, exaltasse a emigração — pois que Labi a tudo só podia dizer *sim*, devia invariavelmente assentir.

18

Onde Seriema descobre que é tão supersticiosa quanto a gente da sua terra.

S*im*, havia eu dito ao Doutor. Mas agora?, me perguntava, temendo a correnteza e os ventos.

Vesti-me negligentemente, sem esquecer o olho de vidro que usava no pescoço, e saí.

O mesmo negro que pontifica no adro da Notre-Dame. *You're a nigger? fuck you, they say. You're an indian? fuck you...* Um forasteiro que a estátua do pórtico só contempla sem ver e já nem eu quero escutar. O vão protesto. Passa o verbo e passa o tempo. Quantos segundos para o ano 2000? O negro futuro será preto ou branco? Ansiosanônimo certamente. Tivesse eu a insensibilidade destas gárgulas... O futuro? *Don't care, don't care.* Vou de metrô ou sigo pelo cais? Palavras não tenho, sobretudo para o Doutor.

Dez pacientes na sala de espera! Nove, oito, sete... Ninguém se tomando de impaciência? Não, Seriema, só você insistindo na hora marcada, se recusando a esperar, estar à disposição. Saída? Nenhuma. Seis, cinco... Bem podia a sala ser de conversa. Era de cinco mudos convictos, imóveis, ilhados. Quatro, três e sou eu que o homem recebe estendendo a mão.

— Venha, e já entro seguida por ele, que não se senta como de hábito, balança como pêndulo o corpo e me pergunta repetidamente:

— E então?

— Sei eu lá, respondo incomodada.

— O quê?

— Só sei que, estando o senhor aí tão perto e eu o vendo me encarar, nada posso dizer.

— Isso no pescoço?, perguntou então o Doutor.

— O olho?

— Seria um fetiche?, indagou ele, já sugerindo a resposta.

— Talvez... nunca antes me ocorreu.

— O que mais a senhora agora me diz?

— Dizer-lhe? Que eu pretendo ensinar, concorrer a uma vaga...

— Ótimo... Até amanhã, pequena.

Vai, vai, menina, autorizada a fazer. Satisfeita ia, mas intrigada. O olho, um fetiche? O que estaria ele insinuando? Verdade que neutralizava o mau-olhado. Maria, suas várias histórias de feitiço — a do sapo dos olhos por ela costurados para cegar o amado de paixão. O que teria esta longínqua Maria com a suposição do homem, o país com o fetichismo e eu com isso tudo? Deus meu! Verdade, por outro lado, que nunca saía de casa sem o pendente. A crença que eu supunha ser das empregadas não era só delas?

Ali estava eu às voltas com o sobrenatural e uma irracionalidade que conscientemente só podia recusar. Se não acreditava na magia, o país dos amuletos havia me formado, estava inscrito no corpo que eu não concebia sem o patuá, e assim, apesar do puro sangue árabe, era mestiço, fora arrebatado pelos rituais da terra, nem só do Oriente, nem só branco, meio negro, um corpo que se queria "fechado", mulato pela sua crença.

O país do qual eu então pedia distância me seguia, embaralhando as ideias, embaraçando-me, eu, a doutora, entregue a crendices, àquela coisa "só de negro". O que me restava senão nobilitá-la? O pai dos burros que me auxiliasse. Vi que do feitiço derivava o digníssimo fetiche. Por que não fazer do fetichismo o meu tema? Sim, o da primeira peroração!

O homem havia atirado no que viu e acertado no que não viu, mirado o pendente para me fazer escolher o item que explicava a crença e saber do país do culto dos orixás nas igrejas e dos santos católicos nos terreiros, quase continente, que só aderia às religiões ignorando os tabus e resistindo às catequeses.

Podia eu, que só me estranhava na América, não amar quem sorrateiramente me legitimava a origem? Não querer mais e ainda o Doutor? Xan, sua questão certeira, sua curiosidade fecunda? não reconhecer hoje que sem ser ele foi o ancestral? temer contudo que o reconhecimento possa novamente como o fascínio me tolher, me impedir de saber o que deveria ter dito ou ouvido e não foi.

19

Onde Seriema aluga um apartamento no Quartier Latin.

Xan e o ensino do fetichismo. Me radicar, pois, na cidade, aí encontrar a morada que me daria comigo mesma. Sim, vida nova.

Onde o cenário digno da doutora? Quartier Latin. Onde a porta-cocheira e a suntuosa escadaria para a neta de Malena? Rue de la Harpe, num edifício que parecia ter estado à espera, como aliás a proprietária.

— Boa tarde, senhora.

— Senhorita, corrigiu ela.

Que fosse, mas requerer o tratamento? Com sessenta anos, talvez mais... Que dizer então da Senhorita logo se revelando apaixonada? Uma francesa era sobretudo uma Dama, e, sem a paixão, esta não se concebia, sem as marquesas e as duquesas, o prestígio do salão. Luís XV, XVI, comentava ela, apresentando os móveis e me relegando à ignorância. Luís XV por que será? Por que XVI?, me perguntava eu, dissimulando a questão. Podia imaginar que até o mobiliário na França era função da dama e do volume do seu saiote?

Os Luíses todos para a Senhorita e mais as guirlandas no teto, nos frisos, nas tapeçarias, cortinas de brocado com pingentes e passamanarias, estatuetas e vasos, Eros, Vênus e Psique. O leito, então? com dossel e baldaquino, verdadeiro pedestal! Nas fronhas e nos lençóis um monograma, o seu brasão.

Sim, a aura da francesa haveria de me inspirar. Negócio fechado, portanto.

— Sente-se, disse ela ainda, querendo saber quem a futura locatária.

Uma açuana? Doutora para mais estudar?, perguntava, acariciando o *poodle* que olhava querendo falar, um cachorro que sequer desconfiava do privilégio da sua origem — fosse nosso, estaria no quintal ou fadado a revirar na rua as latas de lixo. Sonho de *poodle* teria o vira-lata? Já a Senhorita, me ouvindo, embarcava para o trópico, sonhava anjos cor de jambo e negras carapinhas, colhia a flor exótica, bendizendo o bom selvagem na sua casa. Sê, menina, a açuanazinha! Dá-me a graça da tua inocência! Verdade que a tupiniquim talvez não soubesse datar os móveis, desconhecesse os estilos e os motivos, mas tão dócil era!

— O aluguel, Senhorita?

— Dinheiro? Isso é com o corretor.

Sim, e eu a este só perguntaria o montante para assinar — não porque pertencesse ao credo aristocrático da dama, mas por dispor do vil metal a ponto de a ele ter indiferença, ter-me esquecido de que o dinheiro primeiro havia condenado os ancestrais a mascatear de porta em porta:

Ahlo sahla! Algodão, seda, tafetá
Agulha, linha e tesoura pra cortá
Pente, caneta e papel
Serve a moça e o Rafael

O melhor preço, o mais barato da cidade
Pra todo sexo e qualquer idade

Ahlo sahlaaa!
Olha a corda, a bolsa e o pião
Canela, cravo e manjericão

Compre esta boneca, o tinteiro e a peteca
Ahlooo... O fuzil entrego pelo patacão
Vale mil
Sente na almofada, experimente, dona Abigail

Quem, no topo onde eu me encontrava, desejaria se lembrar deste passado *Ahlo sahla?* da mala nas costas e do centavo ganho com uma lida sem perdão?

— O negócio, Senhorita, está fechado.

20

Onde Seriema se dá conta de que foi educada para sonhar com reis e rainhas. Evocação de Carmela, prima de Malena.

Subir de longo a escadaria. Sim, me detendo nas perspectivas, eufórica como se avistasse um novo continente. Olhar pelos janelões a rua, onde as vagas de turistas se sucediam, ver o meu prédio.

Bastava agora estar ali, sonhar acordada comigo mesma, olhar-me no espelho imaginando o chapéu — flores ou *voilette* —, considerando o rosto, ou, da cintura para cima, o corpo. Sim, pois que para baixo ele só me desservia. Um traseiro tamanho que precisaria a cadeira de um recuo especial. A moda não concebia as minhas curvas e eu, fora dela, não me concebia.

Operar-me. Dior eu então vestiria, Nina Ricci, Saint-Laurent... Dar logo cabo daquela ronda sempre infrutífera das lojas, pisar na ribalta em vez de com ela sonhar dos bastidores. As luzes e os reflexos todos! Seriema, podendo se olhar de alto a baixo, ser inteiramente olhada, amar-se vendo-se e pelos outros sendo vista. Dior ou Saint-Laurent, o corpo cabide para eles, não mais para se exibir de tanga e cocar — e, assim me repetindo nessa fantasia, eu fui à sessão, onde me vendo o Doutor me sorriu e me ouvindo não interferiu.

— O que mais?, perguntou-me ele de saída.

— De casa nova, alugada, espelhos em profusão... e eu, aliás, queria outros tantos mais.

— Ah, sim?

— Sim, é, respondi automaticamente. — Versalhes, a galeria dos espelhos... Luís XIV sonhou por mim.

— O quê?, indagou ele, levantando a voz para eu me deter no que havia dito.

— O Rei Sol, o vosso grande Luís, repeti intrigada, já vendo o Doutor se levantar e o ouvindo anunciar abruptamente as férias. Sim, aviso prévio o grande homem, como a morte, não dava.

Rua. Direita, esquerda e já estava eu no cais do Sena. O rei na cabeça, o sonho do outro que era o meu, o de Malena — cujos filhos eram George, Edward — o sonho da mãe, cujo deleite era ouvir falar de Elizabeth, a rainha, e o sonho das princesas carnavalescas todas. Gerada e criada para sonhar com a realeza, guirlandas, anjos e cariátides, ouro, prata, reflexo e transparência... Versalhes, o desfile dos nobres, a rainha na cama sob o baldaquino, o rei em eterno destaque nas esculturas e nas pinturas, insígnia nas portas, cornijas e arquitraves, o cetro e a coroa.

Seriema como as falsas princesas, a mãe e Malena, porque fosse de ser rei o sonho do camponês ancestral emigrante, desejasse ele não ter lutado para enriquecer, não ter vislumbrado um reinado e sido primeiro mascate, porque exigisse da filha, da neta, da bisneta o esquecimento da lida, lhes cobrasse a mesma exata ilusão... Faia, o pai de Malena, como o primo dele, Braim, o pai de Carmela, a que não pagou pela emigração, imaginando só, mas se tomando por um ser do reino sonhado, só vivendo entre seres imaginários, já de menina aparecendo vestida de longo — brincos de esmeralda —, já então digna da futura, a que viera para o retrato, o espelho e a representação, em que ela se exercia, transformando qualquer espaço num cenário onde estaria a exibir o esvoaçante, o longuíssimo, o curtíssimo e a mesma silhueta delicada, a capa em leque, o vestido azul-rei, gola cor de prata, o outro de folhas de tafetá, rabo-de-peixe que se arrastava cintilando, sombrinha de rendas e pétalas negras.

De fada as suas mãos nas luvas de couro branco e punhos nacarados, os dedos em que brilhava indiferente ao mais puro diamante, intensa água-marinha. Nem da terra nem do mar era o seu clarão. A tal ponto colada à máscara que sequer podíamos imaginar como seria o rosto. A própria ideia de intimidade lhe era avessa. Carmela para os de casa inexistia. Qualquer um era outro olhar onde ela se espelharia. Só vivia pela imagem e quiçá por isso fosse irreal — como retrato que tivesse magicamente adquirido vida e logo voltaria à moldura, à sala de visita, serenar entre os móveis raros e a mais rica prataria em que a prima nunca perdia a ocasião de se ver refletida, se certificar das suas origens monárquicas imaginárias. Carmela, como Narciso, não podia deixar de se olhar, escudar-se no reflexo para nunca se lembrar das origens verdadeiras, no presente para conjurar o passado, no silêncio para evitar a verdade, e, a qualquer preço, como queria Braim, ignorar o custo da imigração, pagar assim pela fortuna herdada, acabar inteiramente surda entre as quimeras reais do seu museu particular e as ratazanas imaginárias do seu *delirium tremens*.

Teria existido?
Foi como veio
Miragem seria?
A luxuriosa...

Aos vermes?
Carmela
Nunca jamais

21

Onde a heroína vira professora concursada na Universidade de Paris e zomba dos franceses.

O sonho do outro! Tangida por ele... o da mãe, o do pai, de cujo projeto aliás eu, Seriema, escapei por um triz. Se o tivesse realizado, acabaria numa cátedra, já que esta era o ponto máximo da única e exclusiva carreira concebível para uma mulher, e eu havia sido concebida para o máximo. Em vez de bordar, alinhavaria frases para proferir discurso que, de tão empolgante, só faria por toda a parte ouvir *magister dixit*, seria o ponto de encontro dos semelhantes e levaria por fim o concílio dos docentes a autopsiar o cadáver para saber das condições anatômicas de quem havia chegado a tal píncaro!

O fato é que, virando ou mexendo, Tão ou Paris, acabava eu entre gente togada. Sim, o fetiche no pescoço e a certeza da importância do fetichismo, me apresentei — arrebatar a vaga universitária, poder com ela justificar a estada, me escudar contra as más línguas e até angariar elogios. A começar por Xan, que de tantos cumprimentos quase me induziu a arrebitar o nariz, e, do alto, lhe dizer que eu apenas me inscrevia numa tradição da terra natal, a dos doutores de língua franco-açuana, capazes de desafiar qualquer latinista e já tendo mesmo ensinado inglês aos ingleses, verdadeiras águias, embora oriundos do país dos papagaios. Algum francês que passasse com o pé nas costas da latinidade à anglofonia?, me perguntava eu, encarnando uma rivalidade ancestral. Os açuanos, por serem longínquos, não eram inferiores! *Non, non, non.* Nunca, repetia eu, me gabando de ser quem era, subindo e descendo as ruas movida pela só volúpia de me gabar.

O Doutor parabenizava, considerando que bem valia a pena gastar comigo o seu latim. *Ah, ma soeur, ma très chère... oh bien, très bien!*

A mãe, noutro continente, cantava aleluia, graças a quem nas alturas havia abençoado a filha para que estivesse assim entre os eleitos. O que à menina ocorria era ciência, cultura em alta-tensão... ela que se precavesse contra o mau-olhado, pois que tamanho sucesso só podia disseminar inveja. *Invidia!*

O fato é que eu agora podia existir sem maiores explicações, fulana de tal professora, e não mais a que estava pelo e para o Doutor, uma história suspeita de devoção... Mística a tal açuanazinha acaso seria? Daquelas que um dia quererão como santa morrer de não morrer? como sóror preferirá mil vezes o amante à vida? A universidade me dava o passe para aquela cidade, onde até bordel para mulher havia e era justo parodiar Montaigne: Só sou mulher por Paris... Viva a capital!

Os divertimentos vários ou a corte se desejasse, buquê de flores sem nada dever a quem mandasse, antes devendo o recolhimento que permitiria insistir, enviar outro buquê diferente e me fazer mais um salamaleque, já que só com isso podia se bastar aquela gente do beija que beija a nossa mão, faz de conta, aproximação de lábios, beijo propriamente não. Uma gente intrigante, me dizia eu que, à moda dos canibais, vivia a querer o semelhante na boca e então me perguntava como se podia a isso renunciar.

Vasculhando o mundo a fim de satisfazer a mesma boca... iguarias e mais iguarias criteriosamente arquivadas para, além da novidade, oferecer a tradição... horas e horas dedicadas à comida e à degustação dos vinhos, sem jamais considerar o tempo assim gasto, perdido.

22

Onde Seriema torce o nariz para os queijos franceses e prefere um simples romeu e julieta. Evocação de Amiel, tio paterno, e de Iana, bisavó paterna.

No centro do centro de França, o restaurante! Só de espelhos era o do meu sonho e Étoile ele se chamava. *Maître* de *smoking* e cardápio cor-de-rosa. Mas tal peixe assoprado como seria? Um sopro divino? A carpa semiluto estaria semiviva? Diferença entre batatas marquesa e duquesa? Tartaruga assada e até mesmo crista de galo... Isso sem contar a quantidade de vísceras propostas.

— A senhorita deseja?

A senhorita ali estava muda, impedida pela ignorância de desejar o que quer que fosse.

— Acaso quereria...

— Queijo, respondi de supetão para me livrar, antes me ver às voltas com duas enormes bandejas, a variedade toda de queijos para que eu, desconhecendo o nome e o gosto de cada espécie, escolhesse!

— Quais?, insistia agora o garçom sem perceber o incômodo, e foi então a sua voz ressoando e a clientela se voltando para olhar, eu que subitamente despertei assustada.

O bom queijo lá de casa, parceiro fiel da goiabada, romeu e julieta para segurar na mão e abocanhar sem medo! Tão à margem no centro de Paris quanto havia estado no metrô! Ali continuar, me perguntava, andando para a sessão. Os dias sem sol, as árvores sem folhas. Ver de novo esse gari de luxo? mão na luva engavetada, mas como destino o mesmo cheiro fétido e "anda logo, homem, que a tua hora aqui vale ouro". Dá-me oxigênio. O boxeador que treina saltitando na rua também quer. O oxigênio propriamente não, o riso, ele e este outro cujo olhar é de quem imigrou — qualquer meia-pataca para alfinetar o rosto, ignorar que a ponta infecta e disso o Sena não cura. Mais aflitivo o imigrante que o gari! Dá-me o longe... Açu, árvores sempiternamente copadas, cipó-enrodilhadas, troncos e galhos de parasitárias orquídeas, verde-manga do sumo solar, ocre flor da mangueira... Um longe eu queria que não era propriamente Tão, onde eu palmeiras não via, só arranha-céus, o sabiá jamais havia cantado, nem ave existia que gorjeasse como nenhuma outra.

— Diga, insistiu o Doutor, que há uns bons minutos me via sem me ouvir e não se prestava a isso.

— Se eu pudesse lhe dizer...

— Por que não?, eu é que não a posso censurar.

— Sua língua... nela me falta a palavra.

— Que palavra, minha irmã?, perguntou ele.

— Saudade. E, como para aguçar a nostalgia, o Doutor me despediu, me entregou à saudade, à palavra da língua onde agia na certeza de ter dito o que desejava, terra propriamente firme. Sim, eu nela andasse, por força chegaria... Vai, Seriema, anda comer o teu romeu e julieta, esquecer das trezentas espécies de queijo que nunca saberás diferenciar.

O espaço e o tempo do esquecimento das incômodas verdades eu desejava, me distanciar da cidade que zombava da açuanazinha. Morada haveria na antiga casa? no país dos açuanii, dos que não eram milenares?

Sim, no país que meu de fato não era, só pela recusa da xenofobia podia vir a ser, o não a Hila, a Jarja e aos outros, a tio Amiel para quem a identificação aos ancestrais era dos valores o maior. "A coisa mais importante é a que vai para o esquecimento e depois um dia repentinamente volta, é dela que a gente mais gosta", dizia o irmão caçula do pai cada vez que contava a mesma história com ele acontecida: "Sim foi, pois é, ocorreu comigo essa coisa incrível, porque eu de pequeno via o pai matar o carneiro. Mas ai! detestava o sangue, o cheiro, olhava horrorizado e nunca imaginava que um dia fosse matar... Daí foi, estava fora, longe e lá bem perto do Guaia. Aquilo me pegou, fiz tudo como se já tivesse abatido vários, mandei que se amarrasse o animal, fui e cortei, abri a jugular. O bicho estrebuchou, seguramos, e eu me lembrei do que via de criança, o animal pendurado numa árvore para que o sangue escorresse. Fiz e daí me veio na cabeça a ideia do resto. O pai dispunha o carneiro em cima duma tábua, dispus. Antes de tirar o pelego ele desgrudava o couro da carne insuflando ar, furei no lugar devido e soprei pelo canudo da mamona. Tiramos o pelego intacto e eu me assombrei sem ainda avaliar. Agora, era só cortar bem no meiozinho, extrair a barrigada toda. Já ia, mas lembrei, havia o fel, o negócio verde que o pai primeiro jogava fora. Achei a vesícula e me desfiz. Se a bile derrama, vai embora a carne, estraga. Foi e foi até enfim a barrigada, o fígado e o coração. Fiquei contente. Não era então que eu sabia?". E o tio, que na infância detestava aquele sacrifício, se regozijava de tê-lo executado, pois na repetição estava a prova de ser mesmo o filho do pai, pertencer à tribo e assim ter uma pátria.

Maktub, ele dizia sorrindo, ao contrário de Iana, que só proferia esta palavra cerrando as pálpebras. A bisavó, que nunca se conformou com a sorte de emigrar por ser mãe, a "louca da bisa", que só saía do quarto vituperar, porque nos aproximássemos dos canteiros ou ia o jardineiro fazer a poda, por nenhum galho seco querer ver cortado, tudo dever ficar intacto como as lembranças que ruminava, descascando com a unha a sua laranja. Já não bastava ter mudado de país? largado do Cedro para seguir o filho? Sim, era perder um ou outro e ela, na tradição das mães, não teve dúvida. Passagem para o trópico, cuja paisagem mal olhou.

De que valeria enxergar o desterro? À exceção do filho, nada a interessava, não estava viva como os outros da casa. À força de recusar o presente, perdera de vista a realidade. Por isso, aliás, tudo lhe era autorizado. Assaltar a despensa, banhar-se no quintal, se enrolar da cabeça aos pés no lençol branco, passar assim os dias retirada a murmurar frases incompreensíveis. *Iala, iala, iala,* repetia vigorosamente, como se tivesse nas mãos um chicote e fosse açoitar. Tocando o quê? O próprio cavalo? Indo para onde? O que motivaria a velha senhora, que, conforme os entendidos na sua língua, às vezes se tomava por um general? O inimigo acaso seria, na imaginação dela, quem obrigou Jarja a se expatriar? aquele famigerado turco otomano invasor? Ou *iala, iala, iala,* para que chegasse logo o cavalo ao destino, voltasse à montanha sobre a rocha, que a primavera já se anunciava, e, sem a folha da amora, não podia o bicho-da-seda se desenvolver, sem a baba do bicho não havia fio e sem a meada ficava a família privada de comer.

Alma do outro mundo, a bisa, dos inimagináveis confins, embora tivesse tido atestado de óbito e morrido, segundo o mesmo documento, em Açu, onde vivia sem ver, andava sem de fato pisar e só falava para não ser ouvida. O país que ela materializava através daquela presença ausente como seria?

23

Onde Seriema finalmente se apossa do divã do analista.

Do silêncio omisso da bisa devia eu ter falado ao Doutor, do país eternamente em falta. Sim, daquela pena, do mal de Iana, para o diferenciar e saber mais do meu. A bisavó chorava um país real. Já o que me faltava era imaginário. Iana queria o Cedro que existia, uma aldeia de mil anos, onde a casa passava de uma para outra geração, cada árvore e o menor arbusto faziam parte do legado, todo ano na época do degelo a rúcula brotava na margem das ravinas. Já eu não chorava Tão, cidade que se autodevora, inóspita por consumir todas as lembranças, substituir mansões por arranha-céus, fachadas inteiras por cartazes publicitários e não dispor do passado sequer nos arquivos, abstrata e sem vista para o longe.

O país que eu pranteava e só podia reencontrar se o inventasse era o do dia a dia que só a casa materna havia propiciado, do cotidiano de cama arrumada e mesa posta acontecendo magicamente, da eterna doméstica, mulata enérgica e melíflua, presença discreta oferecendo-me o silêncio e o ritmo do corpo se não desafiasse a tristeza com suas canções, a única que prodigalizava sem cobrar os prazeres e também incitava a menina a imaginar, contando histórias em que o príncipe encantado era jogador de futebol. Mulata sulina ou nordestina que todo ano previsivelmente desaparecia três dias para brincar o Carnaval, ressurgia sem nunca se justificar, ouvir então as invectivas da mãe que a ela nos entregava durante o ano e repentinamente só a queria expulsar. "Onde andaria? Aquilo acaso era gente? Uma negra!, daquelas que não aprontando na entrada se revelava na saída, mais dia menos dia..." Maria, que por ser a canção, a história e também o dengo era tudo, se tornava proibida. Ficava interditado o verdadeiro país, terra onde mesmo loiro o anjo teria carapinha e eu poderia sem medo ouvir as várias histórias de encantar. Quer saber da sorte pelos búzios?, perguntava-me, adorando uma estatueta rubra da cor do urucum. Uma índia a figura representada acaso seria?

— A Pombagira, filha minha, sete maridos saiba logo você que ela tem.

Tanta falta Maria fazia quanto a palavra saudade. Nem de uma nem da outra o Doutor sabia. Ir à sessão lhe dizer o quê? Justificar a ausência como? Seguir caminho.

Vou, chego, entro e me precipito impelida sobre o divã de veludo encarnado, recusando assim o face a face em que ficávamos nós. Imperativo não ver e não ser encarada.

— Diga então, minha cara, sugeriu ele.

— O senhor acaso entenderia se lhe falasse da Pombagira ou dos búzios de Maria?

— Interessante, comentou o Doutor, ocupando-se do charuto, esfumando-se com a baforada.

— O senhor então não acha estranho?

— Claro.

— Interessante ou estranho?

O Doutor me desconcertava, certificando-me de que não estava ali para me contradizer. Que prosseguisse, enveredando pelo meu caminho.

— O fato é que eu... sim...

— Diga.

— Sim, eu aqui só estou pelo senhor.

— Hum, respondeu sem mais o grande homem, que já deduzia a queixa subjacente.

— O país... a língua me faltando... só mesmo pelo senhor, que é... sim... é aqui o meu país.

Isso posto, ele se levantou, me deixando imobilizada no divã, olhos fixos no teto.

— Ora, minha cara, não há por que ficar assim parada nessa desolação. O divã agora então não é seu? Você enfim o tomou, e o fez, aliás, magistralmente!

Meu o divã?, e eu, que havia entrado com os búzios na cabeça, saía com o objeto de veludo encarnado, a que desde o início "resistia". O pior é que nem o havia tomado, deitara para me esconder e agora já não mais olharia o Doutor nem o veria me olhar, já não dispunha do espelho em que me mirava e só existiria para o homem ou o faria existir através das palavras. Sim, eu ali dependia inteiramente da fala para ser. A sorte, como no jogo de búzios, estava lançada e eu sujeita a uma reviravolta. Quisesse ou não, ia agora me deparar com as origens.

24

Onde Seriema tem uma alucinação e topa com suas origens. Evocação de Raji, o bisavô paterno.

O primeiro efeito do divã não tardou.

Rato de verdade, até então, só no laboratório de fisiologia. Os roedores perambulando soltos, nunca antes daquele súbito calor que os obrigava a sair dos buracos. Mas não foi por estar impressionada que eu vi uma ratazana inexistente.

Uma não, duas, três na entrada de casa. A zeladora que me acudisse, viesse comigo olhar, *s'il vous plaît*.

— Cadê? Ora, senhorita, rato algum. Mesmo porque o edifício foi dedetizado.

— Mas eu lhe garanto!

— Ilusão sua. E com tanto ela me deixou.

O dia seguinte, só o dia eu queria, dizer logo o que precisava ao Doutor, que ainda uma vez quase só fez ouvir.

— Uma alucinação, exclamei de saída, escudada no saber psiquiátrico para não ser por este rotulada.

— Como?, perguntou o homem, como quem se interessa, porém de modo algum se espanta.

— Sim, sim, repeti, sugerindo a gravidade do ocorrido.

— O que foi exatamente? A senhora viu...

— ... ratos onde não havia.

— Viu o quê?

— Um rato, dois.

— O quê?, ousou ele insistir, como se estivesse agora surpreendido. Dizendo-se que ali estava a mulher dos ratos como diante de Freud estivera o homem?

— Um ra-to, balbuciei eu, decompondo sem querer a palavra, ouvindo o *ra*, a primeira sílaba do nome que desde a adolescência evitava pronunciar: Raji.

— Diga, diga, insistiu então o Doutor imperativo.

— Raji, o nome do pai.

Nesse ponto ele se levantou. Que eu ficasse com a palavra banida, a que tinha se corporificado no rato imaginário; me houvesse com o pai, cujo nome revelava as origens que eu desejava esquecer. Sim. "Ra o quê?", podia outro açuano me perguntar, esgarçando sorriso que me recusava a sua nacionalidade e me imputava a de turca. O quê? Qual Ra, qual nada, Raji algum, e, para não ser vítima da xenofobia alheia, eu nela me exercitava.

Saí do consultório mais inquieta do que nunca. Acaso ia o pai me perseguir? Sujeita a mais alguma aparição do morto? Raji-pai que me cobrava o nome...

Raji-bisavô que me cobrava a vida. Sim, o que sonhou, pregou, mas não fez a travessia. Morto no navio, atirado no fundo do mar, como contava seu filho, Jarja. O corpo envolto em branca mortalha, versículo da Bíblia e uma ladainha sonora. Dez dias de viagem somente. Porque estivesse doente? contraísse a peste ou dissesse que a terra natal se pode substituir por outra e a vida é uma só? afirmasse que a diáspora era necessária para nenhum dos nossos correr o risco de ser executado por fé contrária à dos mandantes, podermos todos cultuar qualquer santo? ignorar, ao velarmos Jarja, o que no mesmo dia ocorria lá na aldeia: a sina do homem que, acusado de crime contra casa muçulmana, era fuzilado sem julgamento? Arma de fabricação soviética para furar o abdômen e uma M-16 americana para a sua cabeça.

Raji, o que sabia do Cedro futuro sob o fogo cruzado de balas oriundas do Oriente e do Ocidente, o país irremediavelmente entregue ao Mal. DIÁSPORA OU MORTE. O mar para que nascêssemos, vivêssemos e em paz enterrássemos os nossos mortos, o longe para que não ouvíssemos gente de olhos identicamente amendoados dizer que o nosso sangue era o melhor dos seus perfumes, nos condenar à morte brandindo o Corão. Raji, o pastor da tribo, indicando para além do além as areias brancas e os verdes mares de Iemanjá, deusa que podia o grego e o troiano cultuar, a mãe mestiça.

Oiê,
Oiá,
Você aqui, você de lá,
Quem no meu barco quisé navegá,
Oiê,
Oiá

Só é pátria a terra onde bem se está, poderia Raji ter dito, ousando estas palavras para que o mar se cumprisse, o ventre desabrochasse e o nome se perpetuasse nas plagas de Açu.

Renegar tal bisavô? Não, o preço da integração não era a xenofobia, nem o ódio de si, o do mestiço apologeta da raça pura, o açuano que sonegava a verdade das suas próprias origens. Nem índio, nem negro e nem imigrante!

Mas podia eu, que na infância ouvia falar dos açuanii, não ser xenófoba? eu que devia esquecer o passado da imigração e só me lembrar do nosso grande passado árabe? Astronomia, astrologia, trigonometria, álgebra... Destinada a ser como os sonegadores todos da verdade até topar no rato alucinado, ra-to, Raji... e nas origens através de um sonho de terror.

25

Onde Seriema desiste de ser Cinderela e tece considerações sobre a cor da sua pele. Evocação de Salomé, tia materna.

— A mansão do sonho é desconhecida. Ouço a campainha tocar e olho pela janela. Uma carruagem de vidro! Miragem? Abro a porta e são dois touros negros arremetendo contra os cavalos. A cena é medonha, o animal no chão ferido e a viatura espatifada. Saindo na rua, vejo minha irmã morta.

— O que mais?, pergunta o Doutor.

— Minha irmã sou eu. Milena... Eu nela vivi me olhando, como Narciso no espelho d'água. Morta... Por quê?

— Diga

— Soubesse... só destroços. Milena, a carruagem de vidro... a Cinderela associei.

— O quê?, perguntou ele, precipitando a boa interpretação.

— Sim, sim, Milena está no lugar da Cinderela, que aparece morta no sonho, porque a ilusão está perdida.

— Que ilusão?

— De ser a Cinderela...

— Interessante, comentou ele, me incitando a falar.

— Interessantíssimo... Só resta aceitar essa minha cor de oliva, disse eu, exibindo o dorso da mão, a tez inconfundível das origens.

— Bem, minha cara, e sem mais o grande homem me despediu.

Aceitar não era gostar, e eu, que já não podia me espelhar na Cinderela, estava perdida, eu já não era eu. O espelho nas mãos partido, como um dia nas mãos da irmã da mãe, Salomé, que nele tinha o seu interlocutor preferido, se adorava nas camisolas mais decotadas, passava assim vestida o dia, deitando na cama para evocar algum baile em que fora cortejada ou o olhar de um forasteiro que talvez a quisesse levar, sentando diante da penteadeira para escovar o cabelo ou acariciar o arminho que lhe emoldurava os seios morenos, andando no quarto para mostrar o plissê ou o godê que ela abria em leque, estirando o pé. Exibir o jérsei, a seda e a musselina, nos fazendo pelo nome da camisola imaginar. Silêncio, a cor de pêssego. Flamengo, a vermelho carmesim... Salomé nascida para o quarto, ler os romances e as revistinhas de amor, esperar ansiosamente a volta das recém-casadas, oferecer água de cheiro estendendo o vaporizador — a essência da violeta, da rosa, do cravo, do jasmim —, incensar o pequeno cômodo, surpreender aí as amigas com o bordado e a renda, maravilhar com o degradê em que ela revelava as formas como odalisca ou algumas das atrizes de Hollywood.

Sim, as que nós só queríamos igualar, claras em neve para conseguir a alvura, gemas para nos tornar loiras. Salomé das aparições coloridas e dos tantos negros *habillés-déshabillés.* Nunca ser a mesma mulher, sendo uma equivaler a um harém... Saber da vestimenta, porém também do nu. Corpo depilado com cera de açúcar e de limão, pele amaciada com óleo de amêndoas, unhas cintilantes, impecavelmente esmaltadas. Olhar e ser vista, despertar os apetites para saciar a própria gula. Fome maior inexistia, foi de tia Salomé a perda. Um pastelzinho de noz, outro de amêndoas, uma tamarazinha ou uma avelã. Obesa, diabética e quase cega. Desiludiu-se? Nunca, jamais. De outra maneira usou a camisola. Não para aparecer, e sim velar o corpo, que a tia oferecia ao marido para ser sentido, mas nunca visto. O espelho se quebrou, ela, contudo, não desistiu da sedução. Tão decidida no começo quanto no fim, ainda quando já de óculos escuros tateava de bengala o caminho, usando brincos de vidro furta-cor, duas gotas onde eu, olhando, me espelhava.

26

Onde o Doutor ridiculariza o arsenal guerreiro de Seriema e faz a heroína depor as armas.

À diferença de Salomé, pouco me importava ser sensual, não era o gozo que me interessava, porém o sultão aos meus pés. A cortesã era uma fantasia a ser desentranhada, e, sem intervir, o homem deixou que eu falasse.

— Tivesse eu o armário da Greta Garbo!

A isso, o Doutor não reagiu. O que mais ia Seriema agora inventar? Que outras luzes da ribalta reivindicava a tal açuanazinha?

Suspeitando que ele me estranhava, insisti.

— Sim, sim, diga mais, retrucou.

— O cinema eu nunca quis, mas a vestimenta da Dama das Camélias! Longo de tule branco ou negro, e não para ser uma atriz. Só para estar no pedestal em que ela se fazia adorar.

— A Dama?

— Sim, como se eu estivesse condenada a ocupar o lugar dela.

— Condenada é o termo, sublinhou ele.

— O que me obriga? Só Vivien Leigh me ocorre, *E o vento levou*, Scarlett O'Hara... ela, que a cada insucesso dizia "Amanhã será outro dia", nunca se deixava abalar.

Que Scarlett continuasse a ser inabalável sozinha, deve ter pensado Xan ao interromper a sessão, ao deixá-la sair com a lança em riste, no gozo de uma antiga luta de prestígio. O outro sexo? Só existia para o superar. Salomé jamais, a Dama das Camélias, sim, porque a esta era dado escolher e, para tanto, o que fosse valia. Ah, o *smoking*, o colante, o flutuante... o drapeado e o plissado... Ah, o tule, o tafetá, o organdi... a lese e o bordado de pérolas nacarado!

O fato é que, saindo de cena sem mais, o Doutor tornou a lança em punho ridícula, fez perceber que o inimigo era imaginário, depor a arma e saber da mão vazia. Pudesse eu revê-lo! Amanhã... Hoje é sobretudo tarde demais. *Too late*. Danação! Onde ele, que não me responde? Bem me quer ou tão mal quanto me quero eu? Não há anjo que me console, nem este de todo inócuo, esculpido. Não há duração na tarde que não seja infinita, percurso que não seja da mesma urgência ou dessas águas que correm turvas. Importa o tempo que ainda falta para o ano 2000: 396.711.329 segundos? ou o tempo de existência dessa gárgula que pouco se importa com a data do seu nascimento?

Reencontrá-lo porque o espelho, O'Hara, havia se partido e eu de novo estava sem rosto. Só a escuta dele faria vislumbrar outra possível fisionomia. O que mais me faltava era eu. Mas seria para ficar assim à míngua que eu pagava?, perguntava-me então. Que tratamento era aquele do Doutor? De que artifício se valia o grande homem para que apesar de desapontada eu voltasse?

27

Onde Seriema percebe, através de um lapso, o quanto detesta ficar passando de uma língua para outra.

O amanhã chegou, o fim da tarde, a sala de espera onde a cena imaginária era funesta. Xan no féretro, chorado por familiares que escondiam o rosto e por discípulos que, de hora em hora, ele levantava consolar, dirigindo-se a cada um na sua língua materna e se despedindo com *adieu*.

Ali estava eu com o espectro quando o Doutor entrou, arrastando os pés e avançando o corpo em bloco. O vivo seria ou o morto? Imaginariamente eu o matava de novo. Verdade que o homem havia me tirado a lança e com tanto me deixado sem escudo, porém, não era a primeira vez. Sim, de tempos em tempos, ficava eu sozinha num mato sem cachorro.

— Venha, disse o Doutor, sorrindo e interrompendo o meu pensamento, que recomeçou no divã.

— Do morto eu faço o quê?, perguntei sem nenhum escrúpulo, só narrando a cena a seguir.

— O que a senhora faz?

— Sim. De que me serve a sua morte?

— Serve, respondeu ele secamente.

— Para dizer adeus, não mais... escapar ao vazio

— O quê?

— O vazio a cada sessão, a cada vez... essa impossibilidade de ser eu e de ser outra... incerta até de que eu ou o senhor exista... temendo a fantasia... Não, não, temendo o fantasma

— Como?, interrompeu ele, sublinhando o lapso.

— Sim, engano meu. Queria dizer o fantasma, palavra que no francês designa a fantasia.

— Interessante, comentou o Doutor.

— Já eu acho péssimo... a vida de cá pra lá, entre duas línguas, forçada a verter e traduzir.

Aqui ele, considerando a sessão terminada, levantou, estendeu a mão para receber, olhar o dinheiro e perguntar se eu mais nada lhe devia, assim novamente me surpreender.

O que poderia eu estar lhe devendo? Não bastava pagar? permanecer onde vivia a traduzir e a isso ser obrigada? Quisesse ou não, era traduza e mais traduza. O malfadado imperativo! Servir a dois senhores, o francês e o açuano, falar um pensando no outro. Que mal fiz eu?

O passaporte do Cedro para o Ocidente era a língua francesa. Podia eu, Seriema, não falar o francês? Já o açuano, o ancestral requeria para que na América estivesse a nova pátria. Desdobra-te e, sem suspeitar ainda que agia para satisfazer a tal ancestral, eu vertia e traduzia sem cessar.

Mais uma vez, o beneficiário da loucura seria Xan, cujo texto ia agora conquistar a açuanofonia, disseminar a peste entre os açuanófonos do Oriente e do Ocidente, os ilhéus e os continentais, como aliás ele bem havia imaginado, antevendo na açuanazinha a sua mensageira. Onde estava o *Ça* francês surgiria o *Isso*, onde o *Moi* despontaria o *Eu*, e, quanto ao *Surmoi*, possível fosse, eu não o traduziria. Introduzi-lo numa terra onde não teria chance alguma de vingar? Não, malgrado o papagaio loiro, que, empoleirado de toga nas cátedras dos pontos-chaves do país, diria prontamente *Supereu, spereu, spreu*, esperando com isso despertar a culpa e nos inserir na via reta da civilização.

28

Onde Seriema sonha ter um filho.

Verter e traduzir! ai, a língua do outro... Três palavras para qualquer açãozinha no passado — comeu, bebeu ou dormiu. Antes complicado o tal passado, dito composto, devia se chamar. Três enunciações para um simples número noventa. Sim, *quatre-vingt-dix*, dizia o francês, e você, para saber de que quantia se tratava, tinha que somar: oitenta e dez. Obrigada a pensar o tempo todo! Já a língua do *ão*, açuana, ai, ela pensava por mim. A frase dita ou escrita espontaneamente, a palavra repentina que me fisgava, eu me ouvindo pensar em casa, na rua ou no metrô, e só com isso partindo, chegando, fazendo e acontecendo

Oh
  abafação
  aberração
  abolição
  absolvição
  agoniação

balbuciação
bipartição
buzinação
caceteação
catequização
coação
condenação
coração
danação
dão dão
decifração
deploração
desolação
encalacração
exaustão
exoneração
facilitação
gozação
humilhação

indisposição
inexatidão
justificação
labutação
lentidão
maldição
negação
obrigação
obstinação
obstrução

palavrão
perseguição
prisão
questão
raciocinação
reinvenção
religião
rendição
salvação
saturação
sublevação
submissão
sujeição
tergiversação
tradução
tropeção
utilização
vadiação
vocabularização
zão e zão

Sim, em falta das palavras. À sessão dizer isso? me repetir? A hora, Seriema, marcada está. O grande homem te espera.

— Diga.

— O que não me ocorre?, perguntei ironicamente.

— Sim, respondeu sem mais o Doutor, me surpreendendo e precipitando uma associação inesperada.

Ou porque não tivesse ouvido ou por nunca se espantar, o Doutor respondeu *sim*. O que eu desejava lembrar e não conseguia então me ocorreu.

— Soubesse a canção de ninar... a da mãe. Querida, *iahabibe*... Sim, a da mãe, a dela é que me serviria para o filho.

— O quê?

— O filho se eu o tivesse.

— Hum, balbuciou o Doutor.

— Nem tenho e nem posso... por ter esquecido a canção de ninar.

— Ora, você para ele inventaria outra.

Sim, Seriema, outra, repetindo a mesma melodia da mãe, fazendo existir na língua do *ão* a do *iahabibe*, resgatando assim o perdido idioma. O filho, você a ele prometida, e ainda a reinventar a tua língua. Do contrário, Seriema, resgate do passado haveria?

29

Onde Seriema pega um tapete voador para ir ao Oriente e lá ouve a fala de seus ancestrais.

A sessão, que eu logo esqueci, se prolongou no sonho. De tapete mágico até o perdido idioma.

Ia eu de pé, Jarja sentado, bombachas e *tarbouch*. "Aos mirantes", bradava ele, "aos minaretes", que eu vislumbrava. Sobrevoando de repente um cemitério interminável, câmara lenta, Jarja nomeando as oferendas — estatuetas, vasos, pratos de comida, flautas e alaúdes. Íamos ou não aterrar? O tapete pelo interior de uma concha acústica de sete cores, deslizando, eu aí ouvindo o eco de uma língua que estranhava e reconhecia.

O árabe seria? A língua ancestral que eu não falava e havia sido a da primeira música? Já a cidade, pelo cemitério, só podia ser a do Cairo. O sonho me levava para a cidade originária das histórias de Jarja, a dos sete céus — esmeralda, prata, pérolas gigantes, rubi, ouro, jacinto e luz ofuscante —, a cidade de Ali Babá ou de Simbad o marujo, que merecia ser exaltado por ter conhecido os países paradisíacos e os ditos funestos, voado nas asas de um pássaro que tocava a abóbada celeste, visto um peixe que cuspia âmbar, cegado o gigante dos olhos de brasa, ter sobretudo feito sete viagens, sido náufrago e beneficiário de uma nova vida sete vezes. Sim, preferido a morte à pobreza e a tudo o gozo de se aventurar.

As histórias, o Cairo. A língua da concha acústica só podia ser o árabe, o idioma dos adultos — só feito para dizer o que nos era interditado saber —, o poder deles e o nosso banimento. O avô, sim, quis ensinar. Só passou algumas frases, os números e os princípios da caligrafia. Acometido por doença súbita, vertigem incurável. Adoeceu ele, ficamos nós condenados à ignorância, ouvir uma arenga de sons guturais. Idioma era? Motivo de vexame e objeto de chacota. Irrompia disfarçado no sonho para quê?

O Oriente na cabeça e o corpo sem roteiro entregue aos pés. Gira, volta, vagueia, caminho do cais... buquinistas e chorões. Atravessar a ponte ou não? Rive Droite fazer o quê? Mudando de margem, mudarei eu?

Conciergerie, ver as torres medievais, ajoelhar-me diante do rei, o que era santo, o que foi louco e o desesperado, Luís XVI. Irremediavelmente monarquista. Ajoelhar-me diante das rainhas. Maria Antonieta decapitada, melhor do que ter sido queimada. Joana d'Arc em fogo... Caminho do cais, só medalhões e guirlandas, pinhas como abacaxis —

degustar o sumo do fruto dourado da Providência. Tuileries... Concorde, onde a guilhotina mais cortou, a gloriosa praça de Guillotin — morte para todos igual, ele, o tal do Guillotin sonhou, para os reis e os revolucionários —, e eu nesta praça para que estou? O obelisco de Luxor? O Egito que a França me dá. Esta fonte de nereidas e tritões cujo rabo só eu vejo gingar, esta ginga que é da língua que eu quero falar... das falas em *ão*...

mão...

pão...

chão...

falas em ãe...

ora, meu...

me dá logo a mãe.

30

Onde Seriema pretende traduzir sem trair.

De sonho em sonho. Sob o efeito de alguma droga pesada eu acaso estaria?, me pergunto ao acordar.

No primeiro sonho, o amigo e eu numa banca de jornal. Ele compra três revistas, entre as quais *O Cruzeiro* e *Pariscope*. A vendedora me dá o troco em vez de entregar a quem de direito. São três francos que eu embolso.

No sonho seguinte, vejo um piano de três teclas. Nele está inscrita a sílaba HRA, em letras garrafais. Tríade de revistas, francos, teclas e letras. Casual esta repetição não pode ser. HRA, uma sílaba estranha. Parece árabe! O três porque são três os idiomas: o árabe, o francês e o açuano... Mas a história com a vendedora? o meu assentimento no engano dela? O que significa ter embolsado o dinheiro do outro? Verdade que eu ontem esqueci de pagar a sessão.

Quem o outro senão o Outro, o Doutor?, concluí, percebendo que havia embolsado os francos no sonho por querer me apropriar do texto do grande homem. Sim, traduzindo do francês para o açuano.

Seria por causa da dita apropriação que o Doutor não se entusiasmou quando lhe falei do projeto?

— O quê?, perguntou ele, sem mais.

— Traduzi-lo.

— Pois então faça, disse-me, antes mesmo que eu tivesse terminado a frase.

Ora, a açuanazinha que se virasse com a sua louca obsessão de verter, ir e vir de uma a outra língua, insistindo numa identidade impossível e engolindo as várias impossibilidades, os tantos sapos. O francês, na falta de tordos, comia melros. Nenhum dos conterrâneos sequer imaginaria a diferença. Podia escrever que na falta de cão se caça com gato, mas já não seria a mesma coisa, e eu estava para conseguir a mesma exatamente e tornar o texto inteligível, inclusive quando não era. Admitir ali qualquer imperfeição? Nunca! embora estranhasse certos provérbios. Aceitar que "ventre esfomeado não tem orelha?", se a nossa orelha mais afinada era subnutrida? que "são mudas as grandes dores" se nos valíamos de todas para fazer o maior alarde e até dançar o samba? que "o sol luz para todo o mundo", se eu na França há meses não o via? Ou então, considerando a faina de traduzir, que "só o primeiro passo é custoso", "os dias se seguem e não se assemelham" e "a fortuna se ganha dormindo"?

Mas desistir, eu não, e, de tão apegada ao original, tentava verter sem mudar, escrever em açuano o francês, negando a diferença, como o papagaio loiro, como ele supondo que precisasse ser idêntica para ser uma igual. O que podia o Doutor em face de tal desvario senão esperar que o fracasso das tentativas iluminasse a açuanazinha, enfim? Assim, sem nunca intervir, entregou-me sem culpa à danação, nove meses ao cabo dos quais eu recusaria com espalhafato toda fidelidade que não fosse à bendita língua do *ão*. Não, não, não... Só fiel ao próprio idioma. Dão da la lão... o dengo, a mandioca e o cafuné. Roçar de negra no couro cabeludo, as pontas mais leves dos dedos para me embalar, as opíparas mãos. Roçar de corpo na dança, mais e ainda e de sol a sol. Três dias e três noites entre bacantes mulatas, sultões e marajás, mandarins e samurais... Foliões e foliões entre reis e faraós, castelos e pirâmides de espelhos. O ouro, a prata e as pedras preciosas. Para cada folião, o incomensurável tesouro de Ali Babá, para os católicos e os umbandistas, as mães e as filhas de santo do candomblé.

31

Onde o Doutor convence Seriema a encomendar um fetiche. Evocação de Lora, tia paterna.

Saudade de casa? O telefone público de que te serve? Desconecta-o para falar quanto quiser. Sim, de graça, e esta ideia na cabeça, lá ia eu avariar o instrumento ou procurar o que já estivesse devidamente avariado por algum outro terceiro-mundista em falta do país. Ah, a nossa terra, o nosso jeito. Île Saint-Louis, Saint-Louis-en-l'Île, a terceira cabine estava no ponto, mas a fila de "*los desesperados*" superava a paciência. Saint-Michel, por que não? Ao pé do anjo, daquele dragão que o jorro d'água atravessa... chuá, a eterna catarata a qualquer hora para gregos e troianos. Maria Preta, boa e sempre de bom humor... Maria à parte, Saint-Michel não dá. Saint-Germain, evitar a fila de desterrados sem afinidades, embora cúmplices do mesmo crime cometido na cabine e por todos considerado insignificante. O que era privar a telefônica de alguns milhões de francos quando vivíamos ali exilados do paraíso? A França devia-nos o saber e até mesmo o país que havíamos deixado. Ah, a nossa terra, o nosso jeito. Isso eu obviamente pensava sem ousar dizer. Podia? E, não fosse um pequeno incidente, o Senhor Doutor jamais saberia das minhas incursões telefônicas.

Onde o penduricalho? O olho, cadê?, me perguntava, saindo da cabine malfadada. Noite adentro à procura do objeto, na rua esquadrinhando o chão. Saint-Germain caminho de volta... Saint-Michel... Île Saint-Louis em vão. A ronda da cidade pelo fetiche, o pendente protetor, tanto quanto Maria. Seja ele encontrado. Pai-nosso, ave-maria — eu sem ele não sou, pedaço de mim, anjo da guarda. O duplo seria? Ao Doutor dizer o quê? falar do telefone desconectado, do olho perdido, do vergonhoso desespero?

Sim, mais nada, soubesse ele, me interessava. Só o abre-caminho, o fecha-o-meu-corpo. Sem o fetiche, estava eu de flanco exposto. O Doutor que entendesse. Só recuperar o dito olho agora me importava.

— Outro pendente, providenciar logo outro, imperou ele.

— Pudesse.

— Sim, sim, telefone ao país, telegrafe, insistiu se levantando.

Telefone, telegrafe... Verdade que o Doutor havia reconhecido a urgência, a teoria preconizava isso. Mas ele lá podia aconselhar? reforçar a crença no fetiche? não estaria assim aviltando a sua prática? contrariando a doutrina?, me perguntava, querendo em vez do fetichismo o dogmatismo que o baniria, em vez de ser eu ser outra.

Sendo realista, o homem não estava para negar fantasia ou fetiche de ninguém, dar com os burros n'água. Ia eu me desfazer do amuleto protetor por ouvir que dele não precisava? Ora, eu por nada acreditaria que fossem ilusórios, simples moinhos de vento, os gigantes todos do mal. Só restava me mandar encomendar novo pendente. O faz de conta era imprescindível e o Doutor, pragmático. Os tratados? Oportunamente os consideraria. Agora, evitando a fuga da açuanazinha, encarnava o pai de santo e oferecia com o fetiche a sua proteção.

A nenhuma máscara ele aderia completamente. Um ator que fingia não representar, se calava para descobrir o papel que o sujeito no divã lhe atribuía. Bem-vindos eram ali os vários dramas, as nacionalidades e as diásporas todas. Sendo francês, Xan não deixava de ser japonês, árabe ou açuano, e ele sobretudo não condenava pela crença, assim diferia do ancestral, de cujo fanatismo só escapou para nele sorrateiramente reincidir, discriminar os açuanii... desdenhar tia Lora por ter se tornado espírita... não comboiar esta sofredora, não dizer com ela *ai*, não dar à náufraga uma boia. Lora havia perdido o filho? *Maktub*... e a tia com isso mais se desesperar.

— João, cadê o meu João? O mar engoliu, foi tragado, tamanha luz que Deus levou. João, São João, qualquer um ele socorria, até os do leprosário. Tudo eu ensinei a poder e a conseguir. Não posso? Pode. Não consigo? Consegue. Salvo quando chega a hora do impossível! Dizia, sim, eu com ele falava. Mas agora é a hora. Ai, meu Deus, dai-me forças, santo Deus de misericórdia, minhas mãos estão atadas, não posso, não consigo. Cadê meu João?

Lora inconsolável. Só parando ouvir o médium, suas orações, o nome dos índios e dos pretos velhos que ele incorporava:

— Oiê, oiá, cacique Tabajara. Pena Vermelha Alacê, Índio Raoni, o espírito que já pode retornar. Oiê, oiá, Bené, irmã bem chegada... O irmão meu é Barnabé.

Lora que tivesse fé, João havia de reaparecer.

"João não morreu. A morte existe? Não existe, filha minha, passamento é que é", garantia o mulato, exibindo a bochecha talhada, o beiço suplementar. O espírito de outro foi que João incorporou, o de um médico, oiê, um que estava obrigado a pagar dívidas aqui. O espírito agora deixou o corpo. João cumpriu sua missão nessa terra. "Oiê, oiá", que o homem repetia e a tia assentindo, se calando, só contando depois histórias do espiritismo, da mesa branca onde com os outros da crença sentava, escutar a mensagem dos mortos, ouvia dizer que a vida verdadeira não acaba, se translada, e que o saber dos médicos era inútil.

— O Gardenal foi para o lixo, contava ela. Aquilo de se bater e de espumar como antes, nunca mais, e era a cura espiritual que Lora, livre do medo, do descalabro, preconizava, tratando mioma de útero com casca vermelha de jequitibá — a água da sua fervura —, tomando banhos de assento e rezando pai-nosso, ave-maria, mais podendo do que o médico, à maneira do personagem da história que ela contava:

— Sou quem? Pedrinho Cem. Posso mais do que o rei!, alardeava o peralta. Que então o chamassem, ordenou sua alteza real.

— Pedrinho pode mais? poderá trazer da floresta um leão?

— Um leão? Ora, pois não, e lá se foi ele tocando amansar a maior de todas as feras.

Decretou-se que o matreiro do menino deixasse a cidade.

Pedrinho se retirou, mas só foi para logo voltar. Ora, que o jogassem no mar, mandou desta vez sua alteza enfurecida. Algemaram, prenderam e puseram numa diligência. Conseguiram jogar? A sentinela então não precisava satisfazer necessidades? Carecia. O soldado se afastou e o astuto do menino escapou. Sim, ouvindo na estrada um galope, ele se pôs a gritar:

— Ai que não, socorro, me solta, ai me solta, com a filha do rei eu não quero e não vou me casar. Ai que não, me solta.

— Um louco seria?, perguntou-se, invejando a sorte do preso o cavaleiro que passava e com Pedrinho imediatamente trocou de lugar.

Lora, como Pedrinho Cem, inventava histórias para se salvar. Do impossível a tia sabia, da sua hora... Mas ela tudo fazia para o contornar — casos em que se tratava antes de poder e de conseguir. A tia, que na infância dançava requebrando o *dabke*, primeiro foi espírita e umbandista, depois, um ponto mais açuana, cantando:... "Minha Jurema / meu Juremá... licença mamãe Oxum / Aiê Ieu... licença mamãe Oxum / nosso pai Oxalá... Epê Epê Babá / nosso pai Oxalá".

Alguém podia em sã consciência censurar Lora pela sua crença? desdenhar pela religião quem quer que fosse? Mas censura houve e desdém — como aliás para o fetiche haveria. Sim, caso eu desse a entender que era mágico o tal pendente. Por *maktub* quereria certamente algum ancestral trocá-lo. Pendente... ente... ente... repetiria, fazendo pouco o loiro, o famigerado papagaio. Natural ou não me apegar a Xan? ao homem que, endossando a magia, abria o caminho para eu me tornar quem de fato era? uma açuana, sim senhor. Yes, nós, com a banana, também temos Açu.

32

Onde a heroína sonha ver seu nome nas manchetes dos jornais.

O endosso era indubitável. Mas de que me servia na falta do olho? do amuleto protetor contra o mau-olhado? Me sentia exposta, de novo sujeita ao olho mau da rival, e, como se o tempo não tivesse passado, a cabeça clamava vingança.

— Vingança?, perguntou o Doutor talvez estranhando.

— Sim.

— Como?

— Assassinato, respondi, sem saber dizer quem a vítima, se o ex-noivo por ter me abandonado, se a inominável outra.

— O que mais lhe ocorre?, interveio ele, interrompendo abruptamente o silêncio.

— Soubesse eu quem matar...

— Só isso?

— Não. Ocorre ainda que, se estivesse na cadeia, atrás das grades, estaria sem culpa alguma, o rosto sereno dos bem-aventurados.

Podia o grande homem não interromper aqui? neste crime sem culpa, na bem-aventurança paradoxal? Rua, menina, vai ouvir o absurdo ecoar, descobrir quem é o culpado, o autor verdadeiro do assassinato. Sobe, desce, flana para saber que um outro é o mandante. Sim, não fosse eu mandada, aquele meu rosto sereno não se explicaria, deduzi. Mas para que executava tal ordem? Qual a recompensa? Que benefícios secundários aquele crime imaginário trazia?

Pode este alfarrabista me dizer? Algum livro onde esteja escrita a resposta? Segue caminho, Seriema. O dragão da maldade vencerá ou não? O que quer comigo o Mal? eu com ele? Ser a que mata a facadas? Manchete, foto, primeira página de jornal... Sim, me deixar aprisionar para fazer logo o nome. Você talvez faça do meu renome um nome, havia dito o Doutor. Através do renome, Seriema, e não do assassinato, do crime. Voltar inevitavelmente para Xan.

Podia dele prescindir quem já não mascateava, mas devia arcar com uma identidade em falta de si mesma, com a história do Cedro, que a ninguém perdoava o desterro, requeria a fama para se recompensar, exigia-nos o impossível como a Mustafá, Abdala ou qualquer Ibrahim, o terrorista da bomba no berçário ou no recreio do teu filho, o homem da justiça do medo para todos, do coração de gelo e do olhar de louco.

O Doutor, a França mais ainda, a que eu me dava comigo mesma, aquele cais onde contemplando descansava de ser eu, aquele rio feito para as margens, de águas plácidas, e que até podia me curar da febre passada e atávica de alto-mar, aquela beira onde sempre havia um banco, os chorões traziam-me os ipês e a paz de um tempo imemorial, o dia me recebia e a noite no espelho d'água furta-cor nunca era negra, do *bateau-mouche* colorida, do mesmo barco de cem faróis, aquática centopeia, verde-roxa perenemente iluminada.

33

Onde Seriema faz pouco caso dos costureiros franceses.

Que a província do Sena me conviesse era óbvio, mas satisfazer propriamente, não. A tal da corte masculina era sem ser benéfica, ficava a Dama, eu, Seriema, sem iniciativa e num pedestal à grande distância; eu que dispensava a reverência, o excessivo palavreado, preferia me ligar pelo silêncio ou pela impossibilidade de falar, desejava a corte do corpo pelo corpo, sem promessa nem programa, o encontro só para brincar. A maçã verdadeira era a que naquela província eu não comia, naquela beira que todo ano se tornava frígida e obrigava a gente a se eclipsar. Ia eu que nunca saía com chuva me expor à neve?

Por que não um visonzinho? "A pele das princesas", sugeriu a mãe, desqualificando a raposa — "para artista de cinema". Não, o *vison* que ficasse para as artistas de Tão, eu queria pele que fosse verde, um casaquinho de clorofila mais me aqueceria, driblando a moda de negro, bege ou marrom. O *pas de couleur* imperativo do nosso papagaio? Já agora eu pouco caso fazia dele. Que o loiro se ensombrando se atristasse, eu não!

A moda? Podia eu acatar as suas exigências? Fazer do corpo um cabide e me deslocar como uma régua? Abrir mão da ginga pela roupa? Não rebolasse, eu não era eu. Que o traseiro ditasse a moda. Sapato de bico fino? Uma tortura para os pés. Se a liberdade não atingisse os artelhos, de que servia? A nenhum harém local eu assim pertencia, fosse ele Saint-Laurent, Montana ou Dior. Admirar, sim, me integrar, não. Uma seriedade que era sisuda, contrariava o hábito de inventar moda, fazer da caixa de queijo adereço carnavalesco, do biquíni, fantasia de miçangas e paetês ou da colcha, uma capa de pirata. Nem Laurent nem Dior, e o Doutor, me escutando, apenas concluiu:

— A roupa então não serve.

— Só decompondo os conjuntos. Até porque da cintura para cima é 42, para baixo, 46. De dar inveja à própria Vênus Hotentote, mas na tradição do meu país.

— Isso lá é verdade, e talvez a senhora agora possa me dizer de que país se trata.

— O quê?, perguntei indignada enquanto ele, já saindo, me estendeu a mão.

Que estranha insinuação! Duvidar que Açu fosse o meu país? Bem verdade que a dúvida metódica era francesa, mas o que pretendia o Doutor?

Não bastava que eu por ele tivesse me transplantado, mudado de zona e de continente? ali vivesse sem meu sol, meu mar, minha maçã... Com que direito me desnorteava ele, questionando as poucas certezas? Açu, Açu, Açu, repetia para mais me certificar. Que o Doutor me deixasse tão certa do meu torrão quanto estava do seu. Ora, não, protestava eu, já tomando quixotescamente o homem por algum mago inimigo e já selando o meu cavalo para cavalgar contra quem mais porventura ousasse me desdizer.

34

Onde Seriema sente saudade de sua terra novamente.

Benfazeja noite, o sonho! O Doutor sorridente que brandia uma batuta dizendo *piano, piano*. Um maestro ele seria? E, eu, como num dueto, intercalando *ipano, ipano*; e era *piano* e era *ipano*, até que o grande homem se saísse inesperadamente com L-pi, L-a, L-no e não mais parasse de soletrar.

L-pi, L-a, L-no. O que pretendia ele falando a língua do L depois de ter me negado o país? Ora, Seriema, o teu país então não existiu primeiro nas duas ruas em L em que os teus ancestrais se radicaram? Não foi o Líbano de Açu? onde, como dizia Hila, em árabe se morava, entre o comércio, a cozinha, o pomar e a horta, o fruto comido no pé e a hortaliça do quintal? O Líbano de Açu era o viço e o cheiro, manjerona, jasmim, basilicão, tudo o que a terra dava e o mar podia trazer, especiarias e frutas secas, nozes, amêndoas, pistache, tâmara e o damasco em folha, regalo chamado *amardeen* — a embalagem de celofane, a etiqueta de arabescos. O país então era Hila na porta de sua casa. *Ahlo sahla* para nossa chegada. A visita às outras famílias. Sentar, ouvir, comer mais um Sonho de Valsa ou bala que fosse. Brincar de esconderijo, jogar amarelinha, procurar o trevo de quatro folhas no jardim ou chupar picolé. Açu do Cedro era a cidade de que tomávamos a rua ao pôr do sol, cadeiras alinhadas na frente das portas, uma hora mediterrânea, o carteado noite adentro, casa de um de outro, o truco, a disputa ferrada, os momentos longos de contenção e a batida ruidosa, cartas sobre a mesa, a sequência completa do mesmo naipe. O jogo tão a sério quanto no Cedro a luta entre os espadachins. Aldeia contra aldeia, o sabre para defender a honra.

O que restava do Líbano de Açu? A memória dos sobradões cor-de-rosa implodidos, do saudoso Teatro Íris, do coreto de ferro em desuso, do chafariz barroco onde a água já não jorrava da boca dos anjos. O país primeiro perdido para o arranha-céu, o dinheiro, o único mestre dos filhos gananciosos do imigrante... NOVAÇU, o passado dos casarões tratado como usurpador, o antigo morador às voltas com o homem da catadura decidida, sorriso infalível, terno, gravata e a mesma pasta de couro, farejador incansável de velhas, viúvas e aposentados, urubu imobiliário a serviço do futuro prédio, o edifício, moderna bitola. Tantas casas derrubadas quantas árvores. Açu floresta, Açuresta de concreto... eu não, eu não. Certo estava Xan, perguntar que país o meu seria. Açuresta não, a concentração em falta de cidade, o legado da ganância senão da identidade em falta da fachada — do desespero ancestral de fazer o nome.

35

Onde vemos que o Doutor não é de censurar ninguém.

Teria sido por imaginar que em Açu o seu nome não contava que Jarja fez pouco da lei, se expôs às suas penas contrabandeando? Seria só pelo gozo de driblar o Doutor que eu, Seriema, nunca pagava a sessão a que havia faltado? Nisso eu me repetia, certa de que, por não protestar, ele sequer se dava conta. Pois sim!

— A que corresponde?, me perguntou ele, olhando longamente o dinheiro que eu lhe entregava, franzindo o sobrolho como se não entendesse e eu estivesse bastante enganada.

— À sessão, respondi perplexa.

— O dobro... Sim, me dê, ordenou o grande homem sem se explicar.

— Impossível, afirmei sem convicção.

— O dobro, minha cara, exigiu ele.

Ia eu romper? Paguei e saí, girovagar... O equivalente a duas sessões? A esta e à última falta? Cobrar-me agora uma única das tantas sessões nunca pagas? Por que então não me cobrar todas? Não, não era da dívida real que ali se tratava. Mas de que outra? Fosse qual fosse, eu já não podia supor que o grande homem ignorasse a dívida. O enigmático dobro obrigava a saber que ele sabia do furto — ali como na cabine telefônica, como anteriormente — e induzia Seriema a se saber em dívida com a lei, deduzir que *Nemo* ela não podia ser.

Tivesse Xan cobrado falta por falta, faria do ato de pagar um mero corretivo. Já com o enigma, era a consciência da palavra dada que ele despertava, do contrato, da lei; era o inevitável reconhecimento de estar em falta. Agia à maneira da esfinge, e não da polícia ou do moralista.

Denunciar o roubo? Dizer o que significava não pagar? Ora, Xan ali só estava para dirigir a cura, apontar no passado o cenário do presente, abrir assim a possibilidade ao futuro de não se repetir e eu me liberar do ancestral. Mas eu disso não me dava conta.

36

Onde Seriema sonha ter dez filhos.

O Doutor acaso queria me confundir? Sim, era eu pagar e ele perguntar se porventura não lhe devia mais nada. Sessão atrás da outra. Uma, duas, três vezes. O que fazer para já não ser cobrada? Ao grande homem dizer o quê? De que dívida agora se tratava?

Nenhuma resposta me ocorria, fosse no consultório ou nos caminhos de margens úmidas, Rive Gauche, Rive Droite, chuva ininterrupta, estátuas de anjos gotejantes, descaminhos nas ruas da cidade estalactítica. Sem ideia que esclarecesse a estranha pergunta em que o homem se repetia como autômato ou ventríloquo, como se fosse de outro a sua voz. "A senhora, ora..." Precisava pelo tratamento assim me distanciar? "Ora, a senhora... então não me deverá? então não? A senhora..." Algo que pudesse melhorar o entendimento dela? fosforescência que a iluminasse? Que noite aquela nos meus dias? Que homem o Doutor? Que doutores enlouquecedores os homens? Até quando estarei sujeita a ele? a não saber me decifrar? Dorme, Seriema, que a resposta virá.

Uma castanha?, oferecia um desconhecido no meu sonho. Por que não esta noz?, perguntava outro. E eram dez homens comigo nas nuvens, jogadores de futebol a me cortejar. Por que não uma avelã? A pera ou a maçã? A manga talvez? Sapoti, laranja, carambola, mexerica ou abacaxi. O divino festim! Onze. Um time nós formávamos e, porque estivéssemos no céu, lembrei dos anjos.

— O jogador, o anjo, a criança, associei depois de ter contado o sonho ao Doutor.

— Sim, mas e daí?, perguntou ele.

— Queria ter filhos em número suficiente para um time de futebol.

Dez por não ser possível ter um. Isso ao Doutor pareceu evidente.

— O que mais?, insistiu ele, induzindo-me a dizer o que eu, conscientemente ou não, sabia.

— O que dizer?

— Ora, o que bem a senhora quiser.

— Verdade que eu não imagino o pai da criança.

— O pai... Isso aí, minha cara, é bem isso, repetiu o Doutor me despedindo.

O filho... a ele eu devia o pai. Dessa dívida se tratava. Gerado no seu ventre, mas imperativamente nomeado por outro, Seriema!

Gerar sem dar o nome. Acaso podia? eu, a primogênita? a que na tribo ocupava o lugar destinado ao sexo forte, o que nomeava? A primogenitura exigia que recusasse a vocação do meu sexo para a este escapar, não ser de todo identificada às mulheres; requeria, pois, que ao Ventre eu dissesse *não*. O lugar ou o filho, Seriema! O custo do reconhecimento dos ancestrais era a prole, abrir dela mão.

Xan, por insistir no pai, possibilitava o filho, oferecia-me o que havia sido negado pelos outros, deixava-me coincidir comigo mesma, perceber que o sexo não me era necessariamente contrário. Não amar o grande homem? o único que me autorizava a ser eu, a me tornar enfim quem de fato era?

37

Onde Seriema quer um filho mestiço que lhe dê o melhor dos dois mundos: o Sena em Açu e Açu em Paris. Evocação de Mara, tia paterna.

A incrível tirania da tribo, do nome! O nosso apego a ele! Sim, eu, os outros, as tias, todas solteiras até pelo menos a quarta década. Sustentando com o celibato a alcunha? Nenhuma que não tivesse dado preferência a um parceiro cujo sobrenome fosse idêntico, prestado depois mais um tributozinho à tribo fazendo o sobrenome figurar no prenome dos filhos. O mesmo drama do anonimato de geração a geração. As tias se limitando à endogamia. Os primos escravos da repetição do epíteto, banquetes e mesuras para conquistar a mídia. O que fosse para ser manchete de jornal ou programa de televisão. Dê-me o espaço da página ou da tela. Será mesmo eu? Será? Roni, tão embevecido pela própria imagem que podia passar por retardado. Roni, Vera ou Ana. Degenerescência resultante da endogamia ou febre de integração? O que fosse para se tornar colunável ou televisivo. Não propriamente para ter os mesmos direitos, apesar da origem, mas para que ela já não contasse! para datar do jornal a história de cada um no país e só do país a nossa malfadada história... O nome aparecesse anglicizado não haveria protesto. O bendito engano! Ah os Estados Unidos, o verdadeiro paraíso! Tivesse Jarja conseguido o visto para lá! Bem podia Roni ser na tela *Mr.* Roni e Ana, *Miss* Ana. Qualquer apariçãozinha de um ou outro disparava os telefones. A postos para me, te, nos ver! Tantas ligações quantas conseguisse o felizardo... Uma semana inteira de comentários. Só o tamanho da foto no jornal ou o tempo na tela interessava, o espaço! Quanto maior, quanto mais... Dê-me a ribalta. *Under the spotlights*! Em vez das mil e uma noites, mil e uma luzes. Os cenários todos para eu me ver e me ouvir, as cenas todas. A roupa me vai? Tal terno? Tal gravata? Com ou sem decote? O cabelo me vai? Se o clareasse? Umas poucas mechas talvez. O pior é o naso, nariz tão adunco. Arrebite-o! Ouro suficiente para dobrar qualquer cirurgião. Qualquer papel, e até mesmo o de bode expiatório, a Roni servia para aparecer. Resistir à mídia? Só ela parecia poder dizer quem ele era.

Imaginando que não fosse de imigração o nosso caso, mas de jornal e televisão! Todos precisados de Xan! Não se mutilar, não se renegar, não rejeitar como eu o ventre, eu, que só me satisfazia dormindo e conceberia o filho desejado no sonho:

A amiga e eu no ponto do ônibus. Boulevard Saint--Michel. O frio varando os ossos. Volto ou não buscar um agasalho? Correndo. No elevador, o vizinho aperta todos os botões, 10, 9, 8, 7... Será mesmo possível? Desisto de subir. O vizinho acaso pode me levar de carro até o ponto? Claro, pois não... E eu de repente me vejo em Açu. Desço procurando a amiga, o homem me perseguindo até me perder de vista no centro da cidade. Calçadão de pedra, ruas estreitíssimas como dos burgos medievais. Irreconhecível! Quero me sentar. Por que não entra?, pergunta uma voz de velha, longínqua. Velha bruxa, será? Subo até uma sala onde só há mulheres, todas mulatas.

— Bem-vinda. Queira se acomodar, me diz a mais nova delas.

Só sento para me levantar alarmada. Que me apressasse, diz o senhor calvo que irrompe cômodo adentro.

— O quê? Como?

— Taí, taí a polícia atrás de você, repete gesticulando o senhor, que mais me impressiona pela sua vestimenta, terno e gravata-borboleta em pleno verão. Respondo que vou me entregar e ouço a amiga injuriá-lo:

— Vigarista, profissional de meia-pataca.

Subitamente, três policiais e depois um quarto. Insisto em que não se deixe o senhor calvo escapar. O meu tom é autoritário, e ele sai algemado comigo, enquanto um dos policiais afirma sem explicar que eu havia me comportado exatamente como todas as marginais. Respondo que não e de dentro do vestido tiro o sacrossanto diploma de doutora. Marginal ou doutorada?, pergunto, brandindo o pergaminho.

— Talvez seja, disse o Doutor quando lhe contei o sonho.

— O que significa o *talvez seja*?

— O que mais?, perguntou ele sem responder, mas me instigando a falar.

— A amiga do sonho é francesa e, na realidade, ela está grávida. O senhor do sonho, pela elegância, só pode ser o próprio Doutor.

— Curioso.

— A amiga é a mãe, a que eu desejaria ser. Mas por que o vizinho nos separa? me leva para Açu e me persegue? E por que o tal burgo medieval em Açu?

— Diga, me diga, insistiu o Doutor, me deixando a interpretação.

— Verdade que o sonho com os medievos me serve de bandeja a França em Açu. Um filho franco-açuano será?

— Isso aí. Sim, é isso aí.

O Doutor se levantou e foi saindo. Que Seriema andasse na rua, saber mais, entender de vez por que a polícia, deduzir da cadeia que no caso o filho era um crime e o caso aberrante.

Sim, crime de lesa-tribo, que eu evitava me dissimulando o sexo — doutora e não dona, o diploma para me travestir!

Só agora eu encarava a estranha realidade de ser mulher, desistia do que havia imaginado ser — uma igual ao pai, como ele capaz de nomear o filho —, me despedia de uma fantasia que era eu mesma. Quisesse ou não, eu havia encontrado a esfinge que obrigava a saber do sexo feminino, ser quem eu era apesar da tribo, da desditosa primogenitura ou das outras mulheres, da irmã do pai exigindo do ventre um homem para se justificar. Pudesse tia Mara conceber um varão! A cidade de joelhos atravessaria. Passada a quarentena, jejum de uma semana por ter alcançado o menino. Já recuperada, ao Bonfim oferecer um ex-voto, um útero que lembrasse a cura. Soubéssemos nós o quanto ela desejava! E a tia, sem perceber, balançava repetidamente a cabeça, deixando-se levar pela enxurrada de devaneios. Por nada desistiria das tantas novenas para ver um dia o reizinho, sua coroa, e ela tricotava e bordava sapatinhos de lã e outros de crochê, camisinhas de seda com renda guipura francesa. Azul-céu, azul-marinho, azul-rei. Só azul para receber o príncipe das Arábias no arraial onde vivia, e as outras beatas também se puseram a rezar pai-nosso, ave-maria, novenas e mais novenas, as beatas se valendo da tia como pretexto, dos seus olhos sempre miudinhos de chorar.

"Sai-de-mim", nós púberes a apelidamos, de tanto que nos tomava como confidentes, insistindo na mesma dor. O moleque lendário de uma perna só que azedava o leite, gorava os ovos, impedia sobretudo a nossa pipoca de estourar, acaso teria entornado o caldo daquela vida?

Sai-de-mim acabou dando à luz o desejado, que dez anos depois nos surpreendia pela pança e pelas mamas. De dia ficava ele à espera da próxima guloseima, de noite exercitava-se na mesma façanha de se exibir contando as estrelas do Cruzeiro do Sul, enumerava as cinco, para gáudio da sua eterna mãe. Nunca saía, só do quarto para a varanda e, ao menor passo, gritava *ai, ai de mim*!

38

Onde Seriema descobre a causa de sua fraqueza imaginária.

Ai era o primo e era eu! Pudera! sobrinha de tia Sai e filha de quem era, uma mãe que só de ver o rebento bendizia o céu, o pai, o filho e o espírito santo! O seu filho não tendo vingado, o homem, ela se bastava me vendo, e assim era viver sempre a postos, precipitar-se a qualquer choro, ensinar de saída a impaciência e o recurso ao desespero. Sim, o menor senão e a filhinha gritava SOS.

De tudo eu, como o filho de tia Sai, só sabia na mão ou na boca, a comidinha bem amassada para não ter que mastigar, bocados de si que a mãe oferecia, servindo à paixão. Dia e noite comigo ficaria se acaso adoecesse. O caldinho, uma história, um calorzinho de bolsa de água quente, lenço embebido em álcool, cobertor suplementar. Nada a demovia então do propósito de me curar o mais rapidamente possível da doença, daquela sua falha na prevenção, atividade em que se exercitava febrilmente — proteção máxima, quase uterina. De tanto empenho me convenceu de que eu era mesmo fraca. Ai de mim!

Ai, mas capaz de superar pelo intelecto a suposta insuficiência do meu corpo — latim, inglês, francês, piano. Ai de mim, que de tão imaginariamente fraca precisava ser onisciente!

Ai, porque me faltasse, e Ai, porque a mãe exigisse o impossível! Que a *mater* estivesse em Açu como bem entendesse e me deixasse estar a 10 mil quilômetros.

— O que mais?, perguntou o homem.

— Tivesse eu um filho, deixaria de ser a eterna filha dela, eternamente a filha, a que tudo deve... Deve por não ser mãe.

— Verdade, disse ele.

— De que me adianta proferir a verdade?, respondi abruptamente.

— O que mais?

— Mais, sempre mais...

— Sim, minha cara.

— O filho... eu com que corpo o faria? com que força?

Nessa fraqueza imaginária o Doutor me interrompeu se levantando. Sim, de tanto acreditar na mãe, eu era antes fraca da cabeça... de tão presente o filho morto, o espectro que me perseguia fragilizando o corpo. Que tributo prestar ao irmão para me livrar? *Mea culpa, mea culpa* só porque estivesse eu viva e ele morto? Ora, o irmão, o filho homem, o primogênito... Ora, eu, eu, eu, aquela mesma história que tudo me impedia. Tivesse o primogênito vivido, o outro em cuja fisionomia a mãe havia reconhecido a do pai, o que teria herdado suas virtudes, estaria como o pai à testa dos negócios, um homem do comércio, capaz de fazer proliferar e gerir os bens, um ser digno da nossa devoção, um protetor na acepção da palavra. O filho cujos direitos a mãe reconheceria sem titubear, e eu só usurpava — eu, que, para a satisfazer, tudo devia ignorar sobre os negócios e bem pouco fazia do dinheiro.

39

Onde o Doutor ensina a Seriema o caminho do banco.

Sim, eu só queria estar esquecida do dinheiro. Nisso o Doutor não mais consentiu. Tudo menos não pagar a sessão. "Trato é trato, minha irmã".

Será mesmo?

Talvez porque ainda duvidasse, fui ao Doutor sem o malfadado dinheiro e sem disso me dar conta. Que fazer? Ir embora? Antes que eu me decidisse, o homem apareceu. Olhou para um, outro, e depois, sem me fixar, estendeu a mão. Seria mesmo comigo? E, como eu hesitasse, ordenou:

— Venha.

Segui temerosa. Na mão, a carteira vazia.

— Isso o que é?, indagou ele, estranhando que eu entrasse com uma carteira. Suspeitando que ela tivesse sido roubada por causa das sessões a que havia faltado sem nunca pagar?

— Isso?, respondi eu, olhando para a mão, logo acrescentando que nada poderia dizer naquele dia.

— Nada? Algo certamente.

— Impossível... eu hoje não tenho como pagar pela sessão.

— O quê?

— Sim, é verdade... por ter me esquecido de ir até o banco.

— Bem, então vá até lá agora mesmo e volte aqui amanhã, finalizou ele sem mais.

— Amanhã?, perguntei eu, querendo em vão anular a sentença.

Trato era trato e o ponto final ali era irrevogável. Podia eu insistir, o Doutor não me ouviria. Porque só a prata lhe importasse? Não, fosse só a prata, ele nunca teria esquecido de cobrar as minhas tantas faltas. Para que então havia me impedido de falar, fazendo do dinheiro a condição *sine qua non*? Qual a razão daquele corte? O grande homem não dava ponto sem nó, mesmo porque era do nó que ele mais gostava. O que queria o Doutor, afinal? Obrigar a saber do dinheiro? da necessidade de fazer pouco dele para satisfazer à mãe? da nossa ignorância presente da falta passada? da insistência em negar que fosse de altos e baixos a nossa história?

Mais de uma vez, havíamos pairado nos cimos sem neles efetivamente nos estabelecer, como se uma força desconhecida nos impedisse de evitar a queda, obrigando a repetir o passado. A riqueza escorregava das nossas mãos, como o chão dos pés emigrantes.

Sim, era preciso lembrar da história do ouro, do descaso e do extremo caso que do comércio entre nós se fazia. Faia... DINHEIRO OU MORTE! Jarja... o ensinamento de que sem a compra e a venda não teria o alfabeto sido inventado, sem o comércio que levou os fenícios de Tiro a Gibraltar. Faia, Jarja, Labi, Inhô, Amiel, Raji, todos artistas da compra e da venda, capazes de leiloar até o lixo, com o verbo dignificar a escória, tirar ouro da sucata:

— Vamos lá, senhores. Quanto me oferecem? Quanto me dizem?

— Um mil, um mil, um mil... Quem dá mais? Mil e um, um mil e um. Quem me diz? um mil e três, mil e três... Barato demais. Um mil e cinco, um mil e cinco... Dou-lhe uma... Mil e seis, um mil e seis... Dou-lhe duas... Vendido!

De uma a outra geração, a vida em torno do dinheiro, no torno por ele movido, uma história que eu, Seriema, já não podia ignorar. Sim, entre mim e o Doutor estava o banco, *la banque*, *the bank*, *die Bank*. Ou deixava de menosprezar o dinheiro e assim atender à mãe, ou ele não mais me receberia. Renuncia, Seriema, a ser cega para ser amada. "A repetição ou eu", parecia o grande homem me dizer, insinuando que, ao contrário da mãe, eu podia ser como os homens da família, avisada. "Não, minha irmã, não é preciso ignorar o cifrão para ser a lira do homem."

Xan se opondo ao imperativo da mãe só me valorizava. Não querer inconscientemente que fosse ele o ancestral? Precisava de outro que não o meu, e o sonho, naquela mesma noite, me serviria um ancestral novo. Além de não exigir que eu me cegasse ou recusasse a maternidade por causa da primogenitura, me cobrava insistentemente um filho. Sim, de Seriema, que era Ai-de-mim e era a primogênita, não devia engendrar.

40

Onde Seriema encontra o Egun, ancestral dos africanos.

Da praia ao topo de uma montanha por um coqueiral, ia eu no sonho. Do rumor das ondas ao rufar dos tambores.

— Egun te espera, me diz o guia.

— Quem?

— O ancestral, Babá Egun, respondeu ele.

Sobe, anda, sobe até chegar. Aqui? Barracão adentro, ver as baianas e suas crianças embaladas pelo atabaque, as mulheres apaziguadas pelo sono dos filhos no seio, no colo ou no chão. No fundo da sala, um trono de ébano e pedrarias vazio. O Egun, como seria? Vestimenta de fitas, veludo e seda, guizos, conchas e espelhos, o rosto sob uma rede e uma voz cavernosa, do além. "Seriema", diz a aparição me chamando... "Se-ri-ema... ema, ema, emi", repete até me despertar.

Ser ou não ser. O Egun comigo o que quer? Ao banco primeiro, pagar ao Doutor, *la banque*, *the bank, die Bank*. O sacrossanto dinheiro, o santo sacramento... *Mea culpa*, Senhor, eu dele não vou mais me esquecer. Bendito seja! Todos os caminhos levam a Roma, ao banco, Senhor... Anda, então anda, menina.

— Dizer o quê?, perguntei eu, atravancando de saída a sessão e logo tomando a iniciativa de mais atravancar.

— Não dizer nada... mesmo porque o Doutor não vai entender coisa alguma.

— Tem certeza?, respondeu ele, indagando placidamente.

— Quase.

— Nesse caso, fale.

— Contar o que eu ouvi do Egun? O dito Babá... Egun Babá.

— O quê? Que língua estranha era aquela, devia o Doutor agora se perguntar, tão desentendido como eu havia previsto. Nem era o açuano nem era o árabe.

— Egun Babá, o ancestral dos africanos, que me aparecia no sonho, repetindo "Seriema"...

— Sim?, insistiu ele.

— Dizia "ema-eme-emi... Se-ri-ema".

— Como?

— "Ema, eme, emi..." Emi, Deus meu! *emi*, que em árabe significa mãe... ser mãe!

— Isso aí, Seriema, minha irmã, até amanhã.

Serei eu doce acalento? mãe, *emi*, como nos chamava Hila, repetindo "Cuidado, *emi*", "Um leitinho, *emi*". O filho esperado como será? Olhinhos cor de mel e lábios cor da fruta romã?

41

Onde o Doutor ensina a Seriema que não é louco quem quer. Evocação de Luísa, tia materna

Onde o filho? Não fosse o temor da geração... o enigma aterrador do meu ventre. Podia engendrar sem ser como a mãe, que primeiro expeliu o cadáver e ancorou no cemitério, em vez do choro ouviu o silêncio se espraiar? "Ai, o filho... pedaço arrancado de mim. Nem ventre em que possa confiar, nem o filho meu espelho, pobre carne da minha que se putrefaz..."

A dor que eu temia então não era a dor por ela vivida? Negando que sim. Diversa sobretudo! bradava para não escutar o *ai* da mãe. Impossível seria dela me separar?

Urgia, e o Doutor, ouvindo novamente o sonho, não se surpreendeu.

— O deserto e eu nele sem rumo. Subitamente é a mãe que aparece. Ouço "minha filha" vendo uma linha de fogo no céu. A cada passo dela é um meu para trás. Impossível atender, grito, segurando uma injeção cujo líquido introduzo na veia, enquanto a palavra *Spirochaeta pallida* vai se escrevendo no chão.

— O micro-organismo da sífilis!, exclamou o Doutor.

— Sim, mas por quê?, me perguntei em voz alta.

— Diga, continuou ele, me passando a palavra.

— Dizer o meu branco na cabeça? Sem ideia do que possa ser este deserto... esta mãe que me persegue... um passo para a frente e outro para trás...

— O quê?

— Que ela se afaste.

— Hum... O que mais?

— O mais é a *Spirochaeta*, a loucura para escapar da mãe.

— Sim?

— ... da que me impede o filho... só do morto me fala, por ele me toma e como ele me quer.

— O quê?, insistiu o Doutor.

— Sim, me quer como ele, incapaz de dar à luz.

— Surpreendente.

— Enlouquecedor, retruquei eu, chorando.

— O importante, minha cara, é você ter me dito o que disse.

— A loucura?

— Ora... ninguém fica louco porque deseja ficar.

Garantia absoluta? Posso crer, senhor? Mesmo sendo eu quem sou, Seriema, sobrinha de Luísa louca ou assim rotulada porque recusasse os pretendentes impostos e pretendesse mesmo escolher? A tia que viveu no palacete, impedida de sair, fez da torre o observatório de que só descia para a crônica da vizinhança, contar as idas e vindas, desavenças e infidelidades conjugais... A que tudo sabia e nada segredava, vingava-se da clausura falando a verdade, infringindo as regras de um convívio em que só devia vigorar a representação. Tia Luísa, que do presídio paterno foi numa camisa de força para o hospício, onde nenhum de nós estaria para ouvir o seu riso sarcástico... ela não teria como usar os eternos sapatos de Carmen Miranda e o decote não comprometeria a honra da família.

Sim, já ninguém usava véu como no Oriente, mas ali viviam elas veladas pelos muros e paredes, pelo silêncio imposto à fala, que não as devia descortinar. Censura-te Flora ou Dora. Todas mulheres já nascidas para não vingar, rebentos do Oriente em Açu que nunca lhes foi autorizado, foi visto da torre e das janelas um país apenas entrevisto. O palacete de mármore e cristais bisotados negava-lhes a rua, era um navio atracado no porto sem ordem de desembarque.

Podia tia Luísa não enlouquecer? eu dela aqui não me lembrar?

42

Onde Seriema teme o Doutor tanto quanto temia o pai.

Nem véu nem torre, mas quantas vezes se pudesse o pai me trancafiaria! Sob sete chaves e a vigilância de um cão de guarda, que afastaria qualquer pretendente. Não me tivera para suportar aquele fogo adolescente que o excluía, os lábios vermelhos, incendiários, as unhas infalivelmente esmaltadas, o cabelo também pintado.

A ousada agora o que pretendia? Atravessar o inferno ardendo nas chamas da paixão? Olhando-me via o Demo e se recolhia, imaginar a filha como antes, resgatar a menina, a hora da conversa perdida, das histórias com que a deleitava e se tornava o Único. Onde o rio que era plácido? seguia sempre o mesmo curso e desaguava no mesmo lugar? Que desvio seria aquele? Por que assim tão turvas as águas outrora translúcidas? O pai chorava o passado deixando-se inundar pela tristeza. Tamanha extravagância podia perder a filha, dizia-se. Só por ser inconsequente indicara a ela os caminhos da liberdade, pensava, desejando ter se lembrado que para cavalo corredor deve a rédea ser curta. Havia errado, concluía, convencido de que podia ter sido outra a sua sorte, continuar eternamente com a criança navegando, embalado pelo sorriso, o olhar, a palavra *pai* e a pequena questão. Onde a sua estrela?, perguntava-se em meio à tormenta, à noite negra que ele fazia a filha compartilhar, implorando--lhe de joelhos a antiga coincidência. Quem senão ele a tudo se disporia para satisfazê-la? Olhos Negros, sua menina, teria desencarnado? Cadê sua alma? Uma pena que a menina então ouvia como a mais enfadonha ladainha, defendendo-se de uma loucura que a deixava órfã.

O temor passado daquela paixão explicaria o susto presente? o meu grito vendo Xan se aproximar lentamente do divã e nele agora se encostar?

— Com que direito?, perguntei eu alarmada, obrigando-o a se sentar na eterna poltrona.

— Direito?, indagou, dando a entender que não me compreendia.

— Sim, exatamente.

— Hum... só proferiu ele, suspeitando talvez de que tal reação fosse significativa e se tratasse da irrupção do passado.

— O senhor se deixasse seduzir, só me restaria ir embora, romper definitivamente.

— Isso lá é verdade, respondeu ele sorrindo.

Tão imaginariamente ameaçador quanto de fato havia sido o pai! Sim, e por saber que era deste o medo ou que se tratava de medo transferido, o Doutor interrompeu a sessão entregando-me à rua e à caminhada. Que o verdadeiro personagem entrasse em cena, eu soubesse do pai, que nunca havia lamentado o meu gênero, mas que eu, pelo sexo, dele me separasse.

A filha se vai?
vai-se o clarão
os olhos como faróis
o rosto como espelho

Seriema virgem nunca prometida
que ela para os outros seja a Dama
odalisca no meu teto, secreta e eternamente ela será.

43

Onde Seriema conclui que teria sido melhor escrever uma sátira.

De Raji e do Oriente me livrar, do corpo ao sultão prometido, do ritual da odalisca, que não era o meu. De véu em véu? Ora... Você quer? Já, agora, aqui, sem mais delonga e sem demora. Nem odalisca para servir nem dama para que me sirvas, nem a circunvolução da concupiscência nem a tristeza do pedestal. Sim, me dá cá o teu e toma logo o que é meu. Sem véu nem ventre, sem rito ou culpa. Nem há aqui encantadora e tampouco uma serpente. Vem que é outra, só do samba a minha negaça, do traseiro e dos pés. O ventre? eu dele só espero que seja enxuto. A alma? onde o corpo mais possa servir à ginga. Açuana simplesmente.

Não, eu não queria estar na pele de nenhuma oriental, mulher comum ou princesa que fosse, por mais ágata, jaspe, ouro ou pedras preciosas. Sultão algum me conviria. Só o Oriente das histórias de Jarja me fascinava, mas eu desconhecia o árabe e, com a morte do avô, aquele espaço havia se tornado impenetrável.

À diferença dos outros açuanos descendentes de açuanos, conterrâneos que faziam pouco do passado, eu vivia compulsoriamente alijada deste, obrigada a reinventar a origem, recriar o Oriente à moda da terra, que dele tomava os califas e as princesas para fazê-los brincar entre índios de cocar, miçanga e paetê. Inventa, Seriema, lembra da boneca de pano das histórias que você na infância lia: "Que bicho bobo é gente grande! Morrem de lidar com as maravilhas e não aprendem nada, sequer essa coisa tão simples que é o faz de conta."

— Tivesse dado mais ouvidos à boneca, disse eu então ao Doutor. Sim, ouvidos à boneca que nos ensinava o faz de conta

— Bem, mas e daí?, insistiu ele.

— Daí que eu hoje teria imaginado uma solução, saberia driblar as tantas impossibilidades... a de resgatar o passado por ignorar a língua... a de valorizar as origens por ser mulher... a de ser tida como açuana, e não turca... a de ser mãe por ser a primogênita.

— Hum, balbuciou o Doutor, certamente aturdido com tal enumeração.

— O ensinamento da boneca de pano me levaria a fazer pouco disso tudo... rir da sorte... escrever brincando uma sátira

— Você talvez a escreva, finalizou ele se levantando.

"Talvez", dizia o Doutor por fazer muito, idealizar Seriema sua cara e sua irmã. Ia eu rir dos ancestrais, dos conterrâneos e do apego a Xan? correr o risco de contrariar o grande homem? Jamais! Antes partir do que me arriscar, sobretudo continuar atrelada, e eu agora alegaria a necessidade de levar a teoria para Açu e de assim engrandecer o país. Com o saber do grande homem, servir à pátria e cumprir o meu dever!

— Você é a redentora, disse Xan no dia seguinte, renunciando a me curar, já disposto a deixar que fosse com armas e bagagens para Açu. "Integrar-se-ia na legião açuana de quixotes?", deve ele ter se perguntado.

Que Seriema trocasse pois as margens plácidas do Sena pelas do rio Credo, o cais que existia para ser apreciado por uma beira de lixões a céu aberto, onde a favela disputava os restos na presença ávida dos urubus. Aprendesse ela a não olhar o rio, o cais ou a cidade, as praças ocupadas por mendigos, os túneis e os viadutos abrigando crianças abandonadas, as ruas tomadas de assalto pela construção. Soubesse não ouvir os pedintes e as britadeiras. Desistisse de andar a pé para não correr o risco de topar em quem lhe diria que era a bolsa ou a vida. Considerasse ademais irrisório o seu mal em face de tantos moradores que temiam ser soterrados pelo desabamento dos morros ou inundados pelo Credo, que avançava nos dias de chuva como se fosse o mar.

Que ela partisse! Mas por que não se salvava deixando estar o país? Impedi-la? Impossível. Açu a faria mudar de rumo ou não. O analista de cada um acaso não era o analista que o dito um merecesse? e o Doutor desistia sem com isso de fato se conformar. Podia eu, Seriema, ser a que na América faria a teoria se alastrar? a ideia da partida o contrariava. Porque não estivesse a análise concluída com a fantasia da redenção?

44

Onde o Doutor provoca um engarrafamento no trânsito, só para falar com Seriema. Evocação da prima Normália.

Dizer *não* ao Doutor era o que eu, Seriema, sobretudo não ousava — como ia evidenciar o incidente que se seguiu.

Hora de sessão. O Doutor na rua do consultório, uma loira no carro. Que fazer? Vendo-o já de saída, eu me afasto discretamente. A buzina insistente e o meu nome. Viro e vejo a mulher acenando.

— Xan, me diz ela.

— Sim, mas e daí?, pergunto.

— Ora, Xan quer falar com você.

O carro estacionado no meio da rua! Um descalabro. Seria mesmo possível?

— Bom-dia, ouço-o então me dizer sorrindo. A senhora por aqui? Veio e não entrou. Volte amanhã a esta mesma hora.

Despeço-me e, com o imperativo de voltar, sigo surpreendida. O Doutor havia interrompido o trânsito no intuito de flagrar uma presença que eu tinha dissimulado, enquanto eu nem mesmo insisti na hora marcada, tentara ser invisível. Aquilo não era a evidência da minha sujeição?

Sim, eu havia tentado me eclipsar, porque não contrariar Xan era o que eu mais desejava. Quando, ainda que discretamente, ia me manifestar noutro sentido? Ia eu ousar o *não* ou, como Normália, eternamente dizer *sim*? A prima que, à força de não levantar a cabeça, vivia de olhos revirados para cima. Só pelas revistas de amor os baixava, os romances que devorávamos transpirando o verão por todos os poros, as janelas e as portas fechadas no quarto onde Humbert surgiria para encontrar a sua Lolita... Humbert dos dedos supostamente longos para Normália e nós outras, que a prima contudo despedia ao menor chamado da mãe, tia Zina. Educada só para servir. Ir à missa, mas voltar correndo, cozinhar, limpar, banhar os irmãos, crescer entre o fogão e o quarto, a casa e a igreja, onde fez a primeira comunhão e se preparou para o casamento admirando as noivas que via entrar pela nave e mais lhe pareciam anjos entre as guirlandas de flor de laranjeira, querendo como elas ajoelhar-se no altar de lírios brancos e ao padre dizer *sim*, tendo que recusar os sucessivos pretendentes, pois nenhum agradava tia Zina, a caçula de Malena. Origem diversa, família desconhecida, posses insuficientes. Que Normália se casasse um dia na sua tribo e na sua rua, desistisse se preciso do véu e da grinalda, se conformasse com não ter filhos pois que, sendo mulher, não cunhava. Que ela recebesse como as outras da família parte ínfima da herança, deixasse estar nas mãos das cunhadas os solitários, envelhecesse entre a sua casa e a dos irmãos para cuidar dos sobrinhos, praticasse a cartomancia para se certificar de que não havia quem ao destino não estivesse sujeito, e contra *maktub* nada se podia fazer.

45

Onde a heroína decide viver no país da sua língua natal, terra do samba. Evocação de Raji, o pai.

Não, eu agora diria ao Doutor para me apartar sem de fato me separar, dizer o que teria permitido terminar a análise. Já o grande homem escutaria sem ouvir, ou bem me enredando com o silêncio e simulando ignorar o que sabia, ou só me dizendo *sim* para mais adiar a partida, oferecendo o que eu, imaginando, pudesse alcançar. O céu? A lua? Mas isso agora ainda mais dificultava ficar.

— Curar-me de ter que me curar. Só isso me ocorre.

— Curioso.

— Curiosidade que a outro analisando aqui custou o equivalente a uma floresta. Transferência tamanha que ele lhe entregou a herança.

— Que mais?

— Já não tenho mais o que falar.

— Sim?

— Sim o quê? O que eu digo não lhe importa, só o que está por dizer.

— Pois é... Volte, minha cara. Até amanhã.

— O que me resta senão responder *não*?

— Amanhã, repetiu ele sem mais.

Amanhã seja. Depois já não, a vida futura, senhor Doutor, há de ser só em *ão*, o doce acalento da língua materna... eu, irmão meu, da boca não fazer mais um bico, das proparoxítonas não fazer oxítonas... para o verbo no passado, uma palavra só... uma única para dizer *noventa*... as palavras *não* para conseguir expressar isto ou aquilo, e *sim* para dizer simplesmente... sem medo do erro, contradizendo a gramática, cunhando o neologismo, bendizendo a contribuição dos erros... me entregando às ruas e às esquinas onde já não estão as mesmas fachadas e as mesmas árvores, mas como eu se fala.

A língua depois da pátria eu alegaria como razão da partida. Sim, me retirar de cena em nome dela. Podia o Doutor me contradizer? O grande homem então não a valorizava a ponto de falar no "tesouro da língua" e sustentar que esta fosse o seu maior bem? Uma saída honrosa em que eu acreditava, negando que para realmente sair precisava descobrir por que havia escolhido Xan como analista e recusado qualquer jaçuano ou açuano que fosse.

A vida futura, o verbo em *ão*... e eu assim me exercitava na partida, dando no entanto um passo para Açu e logo outro para trás, fazendo e desfazendo as malas, só com prudência ousando a volta.

Porque temesse ser a forasteira em Açu, ver pela primeira vez o país, revendo-o? Soubesse que só o reconheceria estranhando, como Raji ao desembarcar no Cedro? Ouvir então o sino milenar de que falava Jarja. Só identificar a tia das fotos ao ser por ela inesperadamente identificado, vê-la entrar no saguão do hotel, se aproximar e dizer que o homem de tez morena, nariz aquilino e olhos amendoados — como os filhos por ela mesma gerados — era o primogênito de Hila. Surpreender-se com a paisagem que tanto imaginava, o cimo nevado do Sannin e o precipício que o olhar apenas ousa sondar. Verificar que o homem dos cimos existia e não era como o das sombras da cidade. Encontrar os parentes alinhados na porta da casa e ser recebido com um *Oh* vindo das entranhas e abafado na boca em que eles, como índios, batiam a palma da mão. Ver, como na infância, os homens de um lado e as mulheres do outro e ter o sentimento de que o Cedro era Vari. Constatar entristecido que estavam na última idade os contemporâneos do pai, saber-se tão enigmático quanto cada um dos presentes era para ele, mas bendizer o encontro. Provar com a chegada que a América havia sido feita e verificar com a espera dos outros que ele tinha raízes no cenário daquele rio de águas tão cristalinas e tão frias que o aldeão nele ia gelar suas frutas se não fosse beber, pois que do contrário "só sede tomaria". Comemorar no entanto aquela hora engolindo em seco a náusea, estranhando a carne de carneiro como Jarja outrora o feijão, o arroz, a farinha e a carne-seca. Dissimular até sorver o café à moda de Hila, sem coador algum, pois que uma só colher de água fria bastava para assentar o pó. Sair cumprimentar os parentes que eram desconhecidos. Ver que o paraíso perdido era de terraços entre muros de pedras, patamares arrancados à aridez, o Cedro era um país conquistado sobre a rocha, e não como Açu de terras infindas. Só encontrar no lugar onde havia Jarja nascido um terreno baldio em declive, porque, com o degelo e a chuva, a terra também se fora. Saber que com as pedras da casa erguera-se a do vizinho. Constatar que do passado só restava uma oliveira, árvore pela tonalidade diversa de todas as suas conhecidas. Poder apenas imaginar como teria ali sido a vida de Hila, de Jarja e sobretudo de Iana que um dia se estirou sem medo de engendrar, sem saber do destino que a faria desembarcar noutro continente. Entender então a presença da velha senhora na mansão da infância que ela habitou como uma sombra, perambulando muda se não fosse para blasfemar, pagando assim pela audácia alheia. Lembrar da bisa na janela do quarto, olhos parados no horizonte, e concluir que o paraíso era sinônimo do além.

46

Onde Seriema prepara uma arapuca para o Doutor.

Açu não era o paraíso. Mas eu lá estaria no país da língua em que tanto podia, malgrado o papagaio loiro, que só falava para ensinar a mais papaguear.

— Vregonha, vrgonha, tinv-gonha, gritava ele empoleirado na tribuna ou cátedra quando esquecíamos da anterioridade das outras línguas latinas sobre a nossa, a qual era apenas a última flor do lácio que, por outro lado, o verdadeiro doutor devia saber cultivar proclamando que toda língua latinizável, relatinizando-se pode latinizar-se a ponto de fazer o latim, loro, loro, lo-ro-tim, tim... loro sim, o latim ressurgir... a língua que em vez do tupi bem poderia ter sido a de Açu, siçu, siçu.

Curada do melancólico imaginário da espécie mutante eu estava. América portanto apesar do loro, a terra dos açuanos apesar dos antepassados. Mas ia eu dizer ao Doutor que menos voltava para ensinar do que aprender, a causa maior era saber do país que sendo não era meu? dos açuanos que não eram papagaios? Ia eu falar a verdade e com isso me separar? Não.

— Um analista é apenas um analista.

— Sim é, respondeu o Doutor.

— Mais dia menos dia, a outra face dele inexoravelmente se revela... Ou seria mentira o que eu ouvi dizer?

— O quê?

— Que todos nós estamos classificados no seu arquivo pela neurose... O senhor, como pode?, perguntei provocativamente.

— Podendo, retorquiu ele sem mais, se levantando.

O Doutor havia respondido à provocação e entrado na luta de prestígio que, segundo ele próprio, o analista devia evitar, e eu só instigava para escamotear a verdade. Sua prática era contrária à sua teoria, me dizia, saindo da sessão. O Doutor? que se faça o que eu mando e não o que eu faço! O puro capricho, repetia depois, indignada, me valendo de um deslize do homem para escapar à análise.

O fato é que, retrucando, Xan caíra na esparrela que eu armava para partir sem dizer o que nos separaria. Entrara inconscientemente no meu jogo, e Açu era só o que me restava.

Açu?

praias onde só restos podres disputados pelos insetos
cacos de vidro e latas cortantes
o esgoto a céu aberto
o passo largo ou vagabundo já não
voltas obrigatórias para escapar ao círculo que
[bafeja das indústrias sem cessar
à fumaça subindo em tufos
à massa plúmbea onde só o operário indica o céu
ao indigente e sua vala comum
ao que não terá vala alguma, carbonizado pelo duto
[morrerá
escapar ao barraco no morro, à criança de cor baça
[aí soterrada — barriga e braços
[como abas, pendentes
ao morador ensurdecido da beira dos trilhos e aos
[outros escapar

Açu?

os eternos sobreviventes
os flagelados disputando a rapadura
os retirantes do norte e do sul
os presos no cimento entre restos de comida
[e tocos de cigarro
as celas-currais
o nativo dito usurpador de "nossas terras",
à escravidão prometido, semear e colher devorando
[a lua

todo índio como Zé Arara se querendo,
[o Imperador da Selva,
o dos olhos cheios de cobiça, da boca para
[só no ponto de chegada,
[província aurífera, beber
o índio todo ignorando que em tal província mais
[grassam a desesperança e a
[doença, as mulheres vagando
[entre cavalos magros e os meninos
[só com terra podendo se saciar.

47

Onde Seriema finalmente descobre por que foi procurar o Doutor e o que a impedia de se separar dele.

Açu? Por ser o país da língua em que eu, Seriema, sonhava. Isso ia eu dizer agora ao grande homem, que vestia um paletó listrado de seda rosa e veludo maravilha, e assim me lembrou um personagem de circo.

— À sua escuta, irmã.

— Sua camisa, o tom rosa-claro me faz lembrar.

— Sim?, insistiu ele.

— O algodão-doce e o outro doce que eu menina comia no circo... pé de moleque... um doce só do meu país.

— Mo-le-que?, soletrou o Doutor.

— Sinônimo de menino, menino arteiro, levado da breca... Um doce que nenhum conterrâneo ignora e um francês não imagina, razão demais para querer o país da palavra pé de moleque... Com esta palavra, eu lá não me torno estranha, a infância que tive a ninguém soa como aberração, é a dos outros que lá são como eu, sabem do pé de moleque e do queijo feito para comer com goiabada.

— Claro, comentou ele, sem com isso me interromper.

— Ora, claro, claro, o senhor concorda, mas não entende. Sim, que eu nas palavras da sua língua tropeço e caio... Palavras que são como coisas... mais parecem anteparos, nada me dão a ver através ou para além delas. Nenhuma que seja diáfana, translúcida e me faça sonhar.

— Como?

— Que seja translúcida como um véu.

— Até amanhã.

Amanhã? Só para dele me despedir. Por ter resvalado na verdade que o desejo do véu podia descortinar. Uma verdade que eu, para não terminar a análise e não me desligar do Doutor, evitava. Sim, na estranha verdade da escolha de um analista diante de quem estaria sempre velada, porque a sua língua era o meu véu. Havia insistido no grande homem precisamente por ele desconhecer o açuano; feito de Xan o meu analista não pelo que sabia, mas pelo que ignorava.

Inconscientemente, eu havia obedecido ao pai, que não me destinou a uma torre, porém desejava que só tivesse olhos para ele, Olhos Negros, sua menina, a mais ninguém se mostrasse e nem mesmo na análise falasse do sexo e do gozo.

A isso eu precisaria ter chegado para deixar de atender Raji e me desligar do Doutor, ao grande homem e à sua cidade dizer *Adeus*.

Última sessão. Só o propósito de partir apesar do medo da chegada. Do outro lado o que me esperava? Fosse como fosse, o sol se escondesse atrás de brumas, eu agora ia.

— Dom Quixote curando-se da loucura morreu, disse ao Doutor.

— Isso lá é verdade.

— Morreu de não sonhar.

— Sim, foi, assentiu ele.

— Do desejo de sonhar, eu não quero e nem posso me curar.

— O que mais, minha cara?

— Devo considerar que estamos falados.

— Como?

— A análise terminou.

— Será?

São Paulo, Paris, Villedieu la Blouère
(1985-1995)

Posfácio

Michèle Sarde[1]

No início de *O papagaio e o Doutor*, Seriema, a heroína, se pergunta: "Por onde no entanto começar?". E ela começa pelo outro lado do mundo, pelo mundo do outro, que, para uma mulher originária do Sul, significa a Paris intelectual e dominadora do brilhante Doutor. Mas Seriema termina a história no lugar em que esta começa na realidade, no país por ela chamado Açu, onde, vindos do "Cedro", os seus ancestrais libaneses desembarcaram. Para terminar a história no lugar certo, é preciso dizê-la na língua em que se sonha.

Não faz sentido, hoje, querer saber se esta narrativa, tão bela quanto inteligente, pertence a um ou outro gênero literário — romance ou autobiografia. "Um livro é o produto de um eu diferente daquele que manifestamos na sociedade, em nossos hábitos, em nossas vidas", já escrevia o Proust de *Contra Sainte-Beuve*. E o Proust de *Em busca do tempo perdido* dizia que um livro é "a história de um homem que diz *eu* (*je*) e que não é *eu* (*moi*)". Basta que se classifique *O papagaio e o Doutor* no gênero pós-moderno. Romance ou autobiografia, autoficção ou ensaio romanesco, novela ou conto, autorretrato ou poema em prosa, há muito tempo que a Europa de Kundera, a América de García Márquez e a das universidades do Norte nos libertaram deste falso problema, que os grandes escritores, tão indiferentes aos críticos literários quanto aos doutores da Sorbonne, já haviam resolvido.

Ora, o livro de Betty Milan trata justamente de América e de doutores sorbonícolas, como de muitos outros assuntos, pessoais e coletivos, locais e universais. Trata também de personagens, no sentido mais tradicional do termo, desde os protagonistas, que são Seriema e o seu Doutor, até a assembleia de ancestrais libaneses, "turcos" de Açu, que invadem progressivamente o divã do Doutor para o transformar em tapete voador, conforme a tradição tão conhecida do realismo mágico latino-americano. Trata-se, em suma, de uma história no sentido amplo de fábula, mito, conto, saga e aventura intimista. Ou seja, de ficção na sua forma mais moderna desde o século XIX: romance.

Apesar da abundância de temas de *O papagaio e o Doutor* e da sua complexidade, que é, aliás, a da própria vida, a história, dada a simplicidade que emerge de toda obra forte, pode ser sintetizada numa única proposição: Seriema vai procurar sua alma na capital do espírito e aí descobre que ela se encontra no seu país de origem e o espírito paira em todo lugar.

Tanto pelo assunto quanto pelo tom, pela força picaresca das idas e vindas entre o Cedro e o país dos tupis, entre o país dos papagaios loiros e o país dos doutores sorbonícolas, a narrativa que topa na estranheza, no exílio geográfico e individual, faz pensar no conto filosófico. Na mais pura tradição voltairiana, Seriema, nome de um pássaro sul-americano, é um Cândido[2], cujo Paraguai do século XVIII se desloca para Açu e, em seguida, para a Paris do século XX; ela é uma Ingênua[3] cuja problemática é mais de identidade do que de metafísica. No entanto, as questões fundamentais são as mesmas: de onde vim, quem sou, para onde vou?

A grande virada dos ancestrais e as viagens entre a Europa e a América são, para Seriema, o que a corrida endiabrada pelo mundo conhecido do planeta é para a personagem voltairiana. A caprichosa Cunegundes, tão ardentemente procurada e penosamente reencontrada, está bem instalada em Paris e aí recebe seus pacientes em função de critérios de entrada e saída ainda mais arbitrários do que os que presidem os seus favores divididos entre o Judeu e o Grande Inquisidor. Tanto Cunegundes quanto o Doutor de Seriema, de decepção em decepção, acabarão sendo os instrumentos do conhecimento e, de mal-entendido em mal-entendido, os agentes da cura.

Isso porque a cura analítica constitui a alavanca narrativa do relato, assim como recentemente o foram o diário, a confissão ou a troca epistolar. O fato de a autora ser analista e a evolução da análise no romance ser tão precisa quanto as técnicas de dissecação, preconizadas no passado pelos apóstolos do naturalismo, não desdiz o caráter instrumental da cura na dinâmica da narração. A análise é aqui tratada como matéria da narração, fonte primária e, sobretudo, recurso narrativo, que permite dar a informação necessária à inteligibilidade da cadeia de acontecimentos e das etapas da busca de identidade.

Não nos enganemos, contudo, e que não se confunda a ficção com o ensaio ou o documento! Contrariamente à autobiografia, cuja lei impõe uma fusão entre autor, narrador e personagem, o romance é um espaço imaginário em que estes últimos só coincidem pela vontade do autor. Por mais precisa que a representação da cura seja, ela serve, antes de mais nada, para a narradora falar e fazer sua personagem falar. O grau de precisão não diz respeito aqui a uma descrição científica, mas a um efeito do real, função da eficácia narrativa. Diz respeito, sobretudo, a uma coerência de conjunto, função da força persuasiva do texto. O conhecimento aprofundado da análise que a autora tem é parte da documentação ou da experiência anterior a toda ficção que quer alcançar uma verdade universal. A leitura de relatórios médicos preparou Zola para escrever *Nana*, como as incursões de Flaubert pela topografia da floresta de Fontainebleau o prepararam para *A educação sentimental*.

O elemento narrativo da cura está presente, antes de mais nada, para nos lembrar que Seriema pertence ao seu tempo, é um produto da sociedade *jet set* e dos *psi*, e que o tema principal do romance, igualmente moderno e contemporâneo, é o drama da imigração, das populações desterradas, da aculturação e da perda de identidade, sua consequência mais direta e perturbadora. Os grandes debates do século XVIII estavam ligados à intolerância religiosa, ao absolutismo monárquico, às desigualdades de casta. Se a infâmia para Voltaire era a intolerância, para o nosso século ela é a imigração, a exclusão, a desigualdade entre Norte e Sul, o sofrimento dos sobreviventes das sinistras tragédias do exílio e dos massacres. E é disso que trata o romance de Betty Milan.

O fenômeno marcou suficientemente a literatura mundial para levar autores tão diferentes quanto o argentino Hector Bianciotti ou o indiano Naipaul a explorar, num gênero batizado de "autoficção", o enigma das origens para os filhos e as filhas de imigrantes que perderam o fio da sua linhagem.

Seriema parte de uma "tábula rasa", de uma megalomania em que ela "se toma por origem e fim de tudo", de um mundo interior em que "a história não existia". Seriema, através da cura, rememora e passa pela etapa da desconstrução de uma falsa identidade transmitida por uma "tribo" insegura de si mesma. E termina, ao se separar do Doutor, por se reconciliar consigo mesma e com seus ancestrais. A análise é o elemento revelador da capacidade progressiva que a personagem-narradora tem de dominar sua própria história e a dos seus. A cura, espelho interativo e evolutivo, lhe fornece os motivos e a linguagem da história.

A rememoração de Seriema faz ressurgir um mundo que não é nem exótico nem estrangeiro, mas certamente tão estranho para os açuanos quanto para os não açuanos, porque é o da diáspora dentro da diáspora, de uma minoria estrangeira dentro de seu próprio país, de uma emigração individual num país de imigração. Separações, exílios, nostalgias e dores, aculturações e recusa de integração encaixam-se uns dentro dos outros como as bonecas russas: cristãos do Líbano, "turcos" vindos do Cedro para o país dos papagaios loiros, açuana numa Paris em que até o Doutor sonha com a América. A imagem da miniatura persa no país dos tupis representa a perda de civilização que cada nova partida implica, como também o ganho e a riqueza da nova mestiçagem.

Na França mítica das duquesas e dos doutores da Sorbonne, espelho de um Brasil igualmente mítico, o mestre do divã, por sua soberba e sua ignorância do outro e do mundo do outro, é a metáfora do parisianismo emplumado e sedutor ao qual Seriema sucumbe, na esteira da mãe, da avó e de tantas culturas colonizadas. E é possível se perguntar quem, na análise, é o papagaio e quem é o Doutor: aquele que confunde a língua do colonizador com a língua do colonizado, despachando sua "açuanazinha" para uma discípula portuguesa, ou aquela que sai de si mesma e se abre ao mundo numa língua estrangeira, o francês.

Mas não importa que os "erros" do grande feiticeiro branco sejam ou não lapsos e seus preconceitos deliberados, porque, antes de mais nada, trata-se, para a personagem, de se perder para se encontrar, a si e aos seus. Não importa que a análise, assim como a escrita, repousem sobre um pacto que não exclui o mal-entendido. São estratégias em que o inteiramente errado pode melhorar a cópia da verdade.

Por mais que seja mestre da esquiva e despreze a clépsidra, o malicioso Doutor não ignora seu poder de colocar um ponto final nesta alienação sem fim em que cada indivíduo é, à sua maneira, colonizado e expulso pelo outro, ainda que isso só diga respeito a uma Sociedade de Psicanálise. O grande homem, a esfinge, estava para "apontar no passado o cenário do presente, abrir assim a possibilidade ao futuro de não se repetir" e à personagem de "não mais pensar como e pelo ancestral". Duas vezes imigrada no consultório do seu salvador, Seriema sonhará, durante certo tempo, com a ideia de levar para a América o seu Doutor, antes de o deixar a outros exílios ou a outros exilados e retornar sozinha para casa, quer dizer, para si mesma.

Fazendo isto, ela se despojará de sua fantasia de papagaio e renascerá mestiça, turca, açuana, sem mais vergonha de ser aquilo que é: "inculta e mais para a cor de oliva." E, pela compreensão do seu passado, quer dizer, da errância e das loucuras dos avós, Seriema chegará a assumir um futuro redefinido como "uma nova memória do passado", um futuro sobre o qual não pesam mais a repetição absurda e o autocegamento.

Este trabalho de demitificação de si mesma e de demitificação do outro não pode ser dito na ordem da literatura, senão através do registro da derrisão. É pela ironia, pela paródia, pelo riso liberador que o romance denuncia as armadilhas da sedução e do esnobismo, os modos malsãos do ridículo, que desembocam sobre a desvalorização de si e a supervalorização do outro. Figuras herói-cômicas, os ancestrais não são evocados por suas complexidades psicológicas, mas por seus vínculos diretos com o Cedro original e o país da imigração, mais ou menos aceito. A errância de Seriema pelas ruas e pelos cafés de uma Paris desumanizada pelo desterro toma ares mais burlescos que patéticos, havendo um pouco de Knock[4] ou de Molière[5] neste grande homem que é o Doutor e que tem a arte de tornar as sessões tão curtas.

Zombando dela mesma e de seu ídolo parisiense, a personagem-narradora consegue transgredir seus próprios tabus e desbloquear a memória do essencial. E é também pelo riso que a autora amarra os diferentes estratos da narração e torna sua narrativa atraente no sentido literal do termo. É o humor que melhor permite à infelicidade humana exprimir-se sem complacência e afetação, e não é por acaso que a referência a Dom Quixote, um Dom Quixote de saias, esteja tão presente no texto.

A derrisão é certamente oportuna sob sua forma paródica, quando se trata da imagem abrasiva que Seriema e o Doutor se reenviam um ao outro, retratando o ridículo par Norte-Sul. Mas ela dá espaço à evolução lírica quando se trata de evocar a diáspora dos ancestrais com suas figuras míticas, buscando sua magia no passado sul-americano e, mais longe ainda, num passado anterior ao passado, diretamente ligado às *Mil e uma noites*. Desde Iana, "a louca da bisa" — "alma do outro mundo, dos imagináveis confins, embora tivesse tido atestado de óbito e morrido, segundo o mesmo documento, em Açu, onde vivia sem ver, andava sem de fato pisar e só falava para não ser ouvida" —, até Raji, nome do pai e do bisavô, que sonhará com a emigração, mas não a efetivará, passando por Hila, Jarja, Faia — "que legou um país impossível, o país imaginário dos apátridas" — pelo tio-bisavô paterno, o sapateiro Labi, que venerava o paraíso americano, por Azize, a esposa de Faia — a "dos olhos como pombas, dos lábios como lírios que gotejam mirra" —, por Mena, Carmela e Luísa, que não deixará a prisão paterna senão pelo hospício, numa camisa de força, e por Malena — "a mãe de minha mãe" —, que só na França se sentia bem.

Só as luxúrias barrocas da poesia permitem dar vida nova aos avós desenraizados. Eles desfilam um após o outro, um com o outro, sobre o divã parisiense do grande mago, chorando um Líbano cada vez menos real, enquanto a herdeira, prodigalizando como o feiticeiro branco as riquezas que eles duramente acumularam com o suor de seu rosto, chora um país natal imaginário, soterrado sob os arranha-céus de concreto das cidades superpoluídas do Sul. E eles aí reencontram com Seriema a melodia de suas cantigas, de suas cantilenas, a litania de seus provérbios, oriundos de outra época e de outra cultura, aclimatados, ao mesmo tempo que os ancestrais adquirem a língua do outro e fazem dela a sua. Em Açu, os ancestrais reencontram os ingredientes do Cedro — o óleo de gergelim para fazer o creme de *homus*, as pinhas minúsculas para adocicar os quibes, o *zatar*, especiaria para salpicar os ovos fritos, o tomate e o pepino para o *tabule*. E eles servem a comida das origens, juntamente com o pernil assado, o frango a passarinho, o risoto e a lasanha.

Entre Oriente e Ocidente, "justapostos — como as cores de uma paleta", uma estranha cozinha se elabora na memória das papilas de uma açuanazinha ainda sujeita ao divã de um mestre em vias de se derreter, como neve ao sol, um sol que queima os maneirismos e seca flatulências e redundâncias. E estas *madeleines*[6] exóticas, com um gosto eclético, vão alcançar seu ofício sagrado de detonadoras que reconciliam a heroína com o tempo perdido, quer dizer, com a língua perdida... e reencontrada.

Pois é da malfadada obrigação de ter que "servir a dois senhores, o francês e o açuano, falar um pensando no outro" que surgirá, na consciência de Seriema, "ioiô de um para outro país", o drama dos primeiros imigrantes libaneses condenados a criar seus filhos na língua da nova pátria. Serão precisos anos de psicanálise na língua colonizadora para que Seriema, depois de haver proposto traduzir os escritos do Doutor em seu dialeto, proclame sua aliança com a língua materna, "a língua bendita do *ão*", e alegue como motivo legítimo de sua partida a língua, de que o próprio mestre faz o seu "tesouro", o "seu maior bem".

Em sua viagem no divã, através de épocas e continentes, em sua diáspora, reconstituída pelo imaginário, Seriema decolou com o viático de uma língua alienada, na qual seus primeiros mestres, os papagaios loiros, só a ensinaram a "papaguear". Soube depois no francês, na língua do Doutor, do súbito branco que lhe dava, do sufoco diante do risco de afasia, diante da impossibilidade de encontrar as palavras para dizer. Soube do desenraizamento e da separação, da expulsão e do banimento, da exclusão e da excomunhão que estão no começo das origens. Finalmente, soube das palavras para dizer, se dizer e começar a existir.

Seriema então topou com as palavras "como anteparos" que lhe barravam o caminho e obstruíam a vista. Reconquistou ao fim e ao cabo sua "língua quase cantada, que se deixava livremente influenciar pela melodia da terra". A língua do outro servirá para reencontrar a sua. E, enquanto Seriema-personagem se separa sem dor do tão parisiense Doutor para voar em direção a Açu, onde ela assumirá sua mestiçagem, a autora-narradora, no momento do desenlace, se despede do seu leitor com a satisfação de ter cumprido seu contrato. As duas, cada uma à sua maneira, se liberam. Tanto isso é verdade que uma obra de ficção sempre enuncia, no cerne da narrativa, o conflito do ato de escrever e sua resolução.

A reconquista da língua materna se ajusta a uma outra tomada de consciência: a de que a língua estrangeira, o francês do Doutor, era um véu que servia de máscara a Seriema. Foi para dissimular a si mesma, a sua identidade de mulher, que Seriema escolheu um analista que ignorava a sua língua — "escolhido... não pelo que pudesse saber, mas pelo que forçosamente havia de ignorar".

Este romance de iniciação toma a forma feminina do desvelamento. Menino às avessas, eleita do pai, a heroína compreende que este pai a desejou na tradição distante de um Oriente nunca verdadeiramente desertado, velado. É ao se desvelar diante do transparente Doutor, no entrecruzar de todas as transgressões, que Seriema aceitará ter um filho, a quem não transmitirá o nome, mas a filiação; consentirá em se tornar lugar de troca e de muda, quebrando a maldição das origens, para, um dia, também procriar; profetizará, através do olho de vidro do fetiche, o seu futuro de mulher e de ser humano, já não tendo que se curar dos seus sonhos.

Notas

1. Michèle Sarde é autora de uma biografia de Colette (*Colette libre et entravée*, Points, 1984), premiada pela Academia Francesa, e de uma biografia de Marguerite Yourcenar (*Vous, Marguerite Yourcenar*, Robert Laffont, 1995), além do ensaio pelo qual se tornou famosa, *Olhar sobre as francesas*, e de um romance, *Histoire d'Eurydice*, indicado para o Prêmio Goncourt de 1991. Viveu em Washington, como professora da Universidade de Georgetown (1970-2001), onde presidiu a Associação para os Estudos Culturais Franceses e foi distinguida com o título de Professora Emérita. Depois de aposentar-se, passou a dividir seu tempo entre a França e o Chile. Além de estudos e ensaios publicados em livros e revistas especializadas, Michèle Sarde lançou *Revenir du silence* (Julliard, 2016), em que narra as vicissitudes de sua mãe, Jenny, judia sefaradita — isto é, originária da Península Ibérica —, obrigada a esconder

sua condição e a da família para atravessar incólume a ocupação nazista da França.

2. *Cândido ou o otimismo.* Conto filosófico no qual Voltaire (1694-1778) refuta e denuncia o otimismo irrealista pregado por seu mestre, Pangloss, inspirado no filósofo Leibniz. O herói do conto, Cândido, jovem adotado por um senhor feudal, é educado com muito cuidado pelo mestre de filosofia e por Cunegundes, filha de seu benfeitor. Apaixonando-se por ela, Cândido manifesta seus sentimentos e é expulso do castelo. Passa por aventuras cruéis, absurdas e cômicas, que o levam do Velho ao Novo Mundo, incluindo a Argentina e o Paraguai, e acabam na Turquia. Ao contrário do ensinado por seu mestre, ele aprende duramente que "no melhor dos mundos, nem tudo vai bem". Retorna para Cunegundes, que, depois de ter sido amante de um judeu rico e do grande inquisidor, está velha, feia e prostituída. Casa-se com ela sem amor e descobre que "é preciso cultivar o seu jardim", ou esquecer o mundo para sobreviver.
3. "Ingênua" remete a *L'Ingénu* ("O ingênuo"), outra obra do iluminista Voltaire, que faz parte da onda indianista, em plena moda no século XVIII. Nela, critica a ideia do "bom selvagem", de Jean-Jacques Rousseau. O herói da narrativa é um indígena da América do Norte, do povo huroniano, que vai para a Bretanha, na França, onde é confrontado com as normas ditas "civilizadas". O autor aproveita a oportunidade para criticar o clero, a Igreja e o próprio papa, assim como a sociedade, sua organização, autoridades e personagens, que espantam o índio, inocente e sincero. Batizado na Bretanha, o Ingênuo

apaixona-se por sua bela madrinha, enfrentando obstáculos impostos pela religião e pela nobreza. Na conclusão, o autor registra sobre o Ingênuo: "Leu livros de História, que o entristeceram. O mundo lhe pareceu demasiado mau e demasiado miserável. A História, com efeito, não é mais que o quadro dos crimes e das desgraças. A multidão de homens inocentes e pacíficos sempre se apaga nesse vasto cenário. Os principais papéis estão com os ambiciosos e os perversos."

4. *Knock ou O triunfo da medicina*, peça em três atos de Jules Romains (1885-1972), escrita e encenada em 1923. O personagem central, o médico Knock, parte do princípio de que "todo homem saudável é um doente que se ignora". No primeiro ato, o doutor Knock compra o consultório do doutor Parpalaid, praticamente sem clientela nenhuma, e promete recuperá-lo. No último ato, Parpalaid volta à cidade, verificando que ali todos se tornaram clientes de Knock ou trabalham para ele, divulgando suas técnicas. Na época da criação da peça, a Europa estava sendo invadida pelo modelo da publicidade americana, que o autor aplica com sentido satírico aos universos da medicina e da hipocondria.
5. A alusão a Molière (1622-1673) remete às três peças em que o autor zomba das pretensões dos médicos de sua época — *O médico ambulante*, *O médico à força*, *O doente imaginário*.
6. *Madeleine* é uma espécie de bolo pequeno, em formato de concha, cujo gosto provoca no narrador de *À procura do tempo perdido*, Marcel Proust (1871-1922), a rememoração de um mundo que ele supunha definitivamente desaparecido com o passar dos anos.

Agradecimentos

A

Alain Mangin, pela paciência.
Christl Brink-Friederici, pela crítica instigante.
Fanchita Battle, pelo corte.
Maria Lúcia Baltazar, pela escuta.

Este livro foi composto na tipografia Minion Pro, em corpo 12/16, e impresso em papel off-white no Sistema Digital Instant Duplex da Divisão Gráfica da Distribuidora Record.